KB055777

로크미디어가
유혹하는
재미있는 세상

ROK
MEDIA
로크미디어

다시한번
아이돌

다시 한번 아이돌 13

2021년 11월 19일 초판 1쇄 인쇄
2021년 11월 24일 초판 1쇄 발행

지은이 틴타
발행인 김정수 강준규

기획 이기헌 왕소현 박경무 강민구
책임편집 최전경
마케팅지원 배진경 임혜솔 송지유 이영선

발행처 (주)로크미디어
출판등록 2003년 3월 24일
주소 서울시 마포구 성암로 330 DMC첨단산업센터 318호
Tel (02)3273-5135 **편집** 070-7863-8592 **Fax** (02)3273-5134
홈페이지 rokmedia.com **E-mail** rokmedia@empas.com

ⓒ 틴타, 2020

값 8,000원

ISBN 979-11-354-6843-8 (13권)
ISBN 979-11-354-9341-6 04810 (세트)

틴타 현대 판타지 장편소설 ⟨13⟩

다시 한 번 아이돌

ONCE AGAIN IDOL

ROK
MEDIA
로크미디어

Contents

Chapter 13.
정규 1집 (11)

-이번 픽뮤업 최종 우승자는!

"와, 이게 뭐라고 긴장되냐."

건석 선배님이 매우 긴장되는 목소리로 말했다.

난 멤버들을 힐끔거렸다. 주한 형은 보상이 걸려 있지 않으니 딱히 흥미가 없는 모양이었지만 그럭저럭 관심 있는 척하고 있었고 다른 멤버들은 완전 집중하고 있었다.

난 다수의 분위기에 따라 긴장하는 표정으로 PD님을 바라보았다.

주한 형을 제외한 모두의 강렬한 눈빛을 받으며 PD님이 외쳤다.

-〈강주한〉 팀입니다!

"이예에에에!!!!!"

"우워어어어억!!!!!"

지벽산, 김도림, 온정우 선배님들이 큰 소리를 지르며 나와 주한 형을 일으켜 세워 감쌌다.

서로를 부둥켜안고 방방 뛰며 승리의 기쁨을 나눴고 그와 반대로 〈붉은 망토 차차〉 팀은 들고 있던 소품을 집어 던지며 화를 냈다.

"아이, 이럴 줄 알았어! 저걸 어떻게 이겨?"

"알뤼르에 발연기에 변기까지 깬 걸 어케 이겨요! 말도 안 돼!"

―오늘의 베짱이는 〈강주한〉 팀, 개미는 〈붉은 망토 차차〉 팀이 되었으므로 다음 촬영에서 〈강주한〉 팀의 멤버들에겐 승리에 유리한 혜택과 소정의 간식이 주어집니다.

"예에!!! 그런데 PD님, 오늘 우리 크로노스 친구들도 여러모로 고생했는데 크로노스분들한테는 뭐 없나요?"

지벽산 선배님의 말에 주한 형의 눈이 반짝였다.

―물론 그냥 보내 드릴 수는 없죠. 크로노스 여러분들께도 역시 상품을 준비했습니다. 물론 〈강주한〉 팀의 두 분께만요.

"에이! 똑같이 고생했는데 같이 주면 얼마나 좋아?"

"증말 잔인하다 잔인해."

주소담 선배님과 건석 선배님이 눈을 흐리며 말했으나 PD님은 생글생글 웃으며 제안을 거절했다.

─그럼 지벽산 씨께서 마무리 멘트 해 주실까요.

"옙! 이렇게 오늘의 베짱이는 저희 〈강주한〉 팀이 하게 되었습니다! 저희 베짱이 1호점은 다음 주 더 즐거운 경쟁으로 찾아뵙도록 하겠습니다! 여러분~ 다음 주에 만나요~ 안녕~."

"수고하셨습니다!"

"고생했어요!"

〈베짱이 1호점〉 촬영이 종료되었다.

촬영 때까지만 해도 배를 잡고 굴러다니던 멤버들은 차에 타자마자 피곤함에 잠이 들었다.

음방을 끝낸 직후 곧바로 예능 촬영에 들어갔으니 피곤할 만 하지.

"현우 씨도 눈 좀 붙이십시오."

태성 매니저님의 말에 가볍게 고개를 끄덕이고 나도 그대로 잠이 들었다.

"수고하셨습니다!"

"1위 축하해!"

음악 방송 1위 발표가 끝난 직후, 모두가 1위의 기쁨을 축하하고 있는 와중에도 윤찬이는 홀로 울상이었다.

"푸른 바다, 쨍한 햇빛이 나무에 가려지고, 그림자 사이 네가…….."

내가 만들었던 윤찬이의 솔로곡 〈포레스트〉의 가사였다. 가사를 웅얼거리며 급하게 외웠던 안무를 찔끔찔끔 연습하고 있었다.

아까 전까지만 해도 음악 방송에서 선보일 〈환상령〉에만 집중하는 듯하더니 방송이 끝나자 이제야 그다음에 대한 불안감에 휩싸인 모양이었다.

'어쩌지, 어떻게 하지?' 하는 생각이 고스란히 얼굴에서 보이는 듯했다.

윤찬이 성격에 그럴 수밖에 없었다. 윤찬이의 첫 솔로 퍼포먼스 촬영이 있는 날이니까.

"괜찮아, 인마! 잘하는데 뭘 그렇게 불안해하냐? 저번에 연습하는 거 보니까 완벽하더만."

고유준이 윤찬이는 휘갈겨 안고 흔들거리며 호쾌하게 말했다.

"하하…….."

그러나 윤찬이의 표정은 풀릴 줄을 몰랐다. 윤찬이는 불안한 얼굴로 주변을 두리번거리다 나를 바라봤다.

그러곤 입술을 잘근거리다 힘껏 말했다.

"형…… 현우 형, 혹시 오늘 시간 괜찮으면 저…… 같이 가 주실 수 있을까요?"

"그래, 알겠어. 갈 거야. 나도 당연히 보러 가야지."

난 윤찬이를 안심시키려 적극적으로 말했고 그제야 윤찬이의 표정이 풀렸다.

그래도 곡을 만들어 준 사람이 함께 가면 안심이 되지 않겠어?

"그럼 태성아, 멤버들 숙소로 이동시키고, 윤찬 씨랑……현우 씨는 저랑 함께 따로 촬영 장소로 가시죠."

"네!"

윤찬이는 차로 이동하는 동안 내 어깨에 손을 올린 채 계속해서 노래를 중얼거렸다.

"잘하네. 그거 맞아. 그렇게 하는 거 맞아."

나보고 들으라든가 평가해 달라든가 하는 말은 안 했지만.

가까이 붙어 노래하는 게 칭찬을 들으며 안정을 찾으려는 모양새라 최선을 다해 칭찬해 주었다.

윤찬이의 〈포레스트〉는 지금까지는 굉장히 순조롭게 진행되고 있었다.

바다가 있는 시원한 정글 어딘가를 연상케 하는 세트장 속에서 트로피컬 라틴풍으로 꾸민 윤찬이가 라이브를 이어 나갔다.

처음에는 덜덜 떨며 실수를 반복하더니 같은 라이브를 여러 번 반복하며 익숙해져서 지금은 표정 연기까지 하는 여유를 보여 주었다.

"2주 내로 컨펌까지 끝내고 업로드할 예정이랍니다."

"빠르네요."

화면을 통해 윤찬이를 모니터 하며 수환 형과 대화하는 도중 상당히 즐거워 보이는 콧노래와 함께 누군가 내 옆으로 다가왔다.

"현우도 왔었어? 동생 걱정돼서 왔어?"

"아. 실장님."

"아, 아니다. 이거 현우 곡이었지 참. 내가 바빠서 깜빡 잊었네."

김 실장님이었다. 맨날 바쁘다며 〈환상령〉 첫방과 회의 때 이후론 보기 힘들던 분인데 윤찬이 솔로 퍼포먼스는 또 신경 쓰이셨던 모양이다.

"크으."

김 실장님은 윤찬이가 나오는 화면을 보며 감탄하더니 뿌듯하게 웃었다.

"윤찬이가 나날이 성장하네. 처음 데뷔 올릴 때만 해도 쟤 저래서야 되겠나 했는데."

"그럼요. 정말 열심히 했는데요, 〈픽위업〉 때부터."

"저 비주얼을 봐! 아주 완벽한 아이돌 아니냐? 저걸 내가 키웠어. 물론 우리 현우도."

아, 예.

난 대충 고개를 끄덕이며 고집스레 윤찬이를 보는 데에만 집중했다.

"어? 이 녀석 봐라."

그러자 김 실장님이 어이없다는 듯 픽 웃으며 구둣발로 장난스레 내 운동화를 툭 쳤다.

"현우도 하나 해야지."

"예?"

"솔로곡 하나 내야지. 〈원스 어겐〉 말고 무대에서 퍼포먼스 하기 좋은 곡으로 딱. 앨범에도 수록하고 이번엔."

"갑자기요?"

김 실장님이 뭐라고 하든 윤찬이만 보겠다던 내 고집은 솔로곡 이야기에 확 꺾여 김 실장님을 바라보았다.

김 실장님은 씨익 웃으며 내 어깨를 토닥였다.

"곧 솔로곡으로 무대도 해야 하는데."

"예?"

이건 또 무슨 말이야. 이해하지 못해 인상을 찌푸리자 김 실장님은 그저 알 수 없는 웃음만 지었다.

"자세한 건 멤버 전부 모아서 전할 테니 그렇게 알고. 아무튼 내가 하려던 말은 필요에 의해서 현우 새 솔로곡 받아

낮으니까 자세한 건 이 실장한테 물어봐."

김 실장님은 담배 피우고 오겠다는 제스처를 취하곤 사라졌다.

잠시 멍하게 김 실장님의 뒷모습을 바라보다 옆에 있던 수환 형을 쳐다보았다.

수환 형은 짜증 난다는 듯 김 실장님을 보다 날 발견하곤 표정을 바꾸었다.

"아, 솔로곡은."

수환 형이 제 가방에서 서류를 꺼내 보여 주었다.

"아직 컨셉만 정해져서, 조금 더 확실해지면 연락을 주려고 했습니다만. 간단히 한번 읽어 보세요."

서현우 솔로곡 제안서

내용 : YMM엔터테인먼트 소속 아티스트 크로노스의 멤버 서현우의 솔로곡 작곡을 요청드립니다.

제목 : 미제

컨셉 : 세이렌

-키워드 : 신비로움, 몽환, 아름다움, 판타지

직접 만나 구체적인 이야기 나누고 싶습니다.

답변은 발송드린 메일로 해 주시면 되고 '전체 답변'으로 부탁드립니다.

문의할 것이 있으시다면 연락처로 편히 연락 주십시오.

-김성우 배상

"세이렌……?"

뭐야, 이게.

이름은 정해지지 않았지만 컨셉은 확실히 세이렌이라고
적혀 있었다.

다음 날, 게임 예능 〈뉴비공대〉의 셀프캠 촬영이 이루어
졌다.

아무래도 이 예능에 시청률을 기대하는 사람이 적고 그만
큼 예산도 빠듯해서 그런가.

멤버 모두가 현실 세트장에서 만나기 전까지 줄곧 셀프캠
촬영에 심지어 오늘의 촬영 장소는 PC방이었다.

오늘은 출연진 모두 현실이 아닌 〈원아워즈〉에서 정모를
가지기로 한 날.

몇몇의 친한 출연진끼리는 함께 촬영하기도 하는 모양인
데 그중 하나가 나와 지혁 형이었다.

"현우!"

"지혁 형, 왔어?"

지혁 형은 PC방에 도착하자마자 오만 소란을 피우며 여기

저기 돌아다니더니 카운터에 착석해 나에게 소리쳤다.

"이야, 나 PC방 처음 와 봐. 여기 진짜로 라면이나 볶음밥도 팔아? 와, 진짜 카운터 있네!"

우리 도련님께선 신기한 것이 참 많으신 분이세요.

형의 말에 난 심드렁하게 고개를 끄덕이며 자리를 잡았다.

"현우야, 뭐 먹을래? 형이 사 줄게. 볶음밥? 라면? 소시지? 볶음밥에 치즈 올려? 계란도?"

"나는 라면……."

"치즈 올려? 계란은?"

"아니 나는 아무거나 괜찮은데. 형 그것보다~."

"라면에 치즈랑 계란 추가 부탁드릴게요~. 그리고 저는~."

"……."

저 형은 음식에 정신이 팔린 것 같으니 PC 켜고 설치 확인하는 건 내가 해야겠다.

난 지혁 형이 사용한 컴퓨터까지 켜고 〈원아워즈〉가 설치되어 있는지 확인했다.

그리고 자리에 앉아 음식 메뉴 시키는 데에 열중하는 지혁 형을 뚫어져라 바라보았다.

"혀엉……."

"소시지도 먹을까?"

"아니, 잠깐만 하지 말고 이리 와 봐. 형."

캐릭터부터 만들어야 할 것 같은데. 그것보다 저 형은 게임할 줄 아나?

"잠깐만, 현우야. 나 이것만 시키고. 버터계란밥이 있어! 와, 장난 없다."

"아니, 형……."

과연 저 사람은 먹으러 온 건지 촬영하러 온 건지.

"……나도 계란밥."

난 포기하고 일단 컴퓨터 두 대 모두 〈원아워즈〉를 실행시켰다.

"지혁 형, 혹시 마법봉 좋아해?"

"어? 차차?"

"아니, 마법봉……."

일단 지혁 형이 흥미 있을 만한 직업부터 찾아 줄 생각이었다.

물론 방송 관계자들이 보이지 않는 곳에서 대기하고 있고 숨겨진 카메라도 있긴 하지만 눈에 보이는 건 내가 들고 있는 셀프캠 하나가 전부였다.

무척 편한 촬영 분위기.

아니, 예전 〈졸업합니다〉 촬영 때처럼 촬영한다는 느낌조차 잘 없어서 그런가?

아니면 지혁 형은 원래 방송에서 프리한 캐릭터여서 그런가?

'예전에 자유인이라는 별명을 본 것 같기도 하고.'

아무튼 지혁 형은 정말로 음식이 나올 때까지 카운터에서 기다리고 있었으므로 난 형을 끌고 오다시피 데려와 자리에 앉혀야만 했다.

경연 프로그램에서 같이 했을 때는 몰랐는데 데뷔한 이후 멤버에게 잔소리 많이 듣는 리더가 되었다는 것 같다.

"음식은 완성되면 부르거나 가져다주거나 하니까. 일단 게임 들어가 보자."

"알겠어. 이게 〈원아워즈〉구나."

지혁 형은 내가 켜 놓은 게임 시작 화면에서 달칵달칵 아무거나 클릭해 보다 캐릭터창에 들어갔다.

"현우는 이거 해 본 적 있지?"

"응, 한참 전이긴 해도. 하고 싶은 직업 있어? 여기 중에 선택하면 돼."

"근데 형은 이미 만들어 둔 캐릭터 있는데? 근데 여기 없네. 왜 없지?"

"아, 그래?"

그래도 역시 지혁 형. 아예 나 빼고는 관심 없는 것처럼 굴더니 이미 한번 들어가 게임을 해 보기는 했던 모양이다.

완전 게임에 대해 이해도가 없으면 어쩌나 했더니 그나마 다행이었다.

난 지혁 형 컴퓨터의 마우스를 쥐고 서버를 변경해 가며 만들어 뒀다는 캐릭터를 찾기 시작했다.

"아마 다른 서버에 만들어 둬서 그럴 거야. 직업 뭐 했어? 했던 직업으로 하면 될 거 같은데."

"아, 그게. 현우야앙……."

"응?"

시종일관 즐거워 죽겠다는 표정이던 지혁 형이 갑자기 난감한 기색을 띠었다.

딱히 내 말이 반갑지 않은 듯 굉장히 곤란해 보였다. 내가 캐릭터 찾기를 관두고 지혁 형을 바라보자 지혁 형이 고개를 저었다.

"나 그 직업 안 할 거야."

"어? 상관없는데, 그래도 하던 게 편하지 않아? 어려운 레이드 들어가려면."

"아니 나 그 직업 엄청 못하는 것 같아."

지혁 형이 입술을 삐죽 내밀고 한껏 불쌍한 척을 하며 눈물 훔치는 연기를 했다. 매번 느끼는 거지만 지혁 형은 연극이나 뮤지컬 하면 되게 잘할 것 같다.

"그래도 한번 해 봐야 된다고 우리 막둥이가 그래 가지고 한번 해 봤거든……? 근데."

"그런데?"

"욕먹고 퇴장당했어……. 내가 뭘 잘못했는지는 모르겠지만 좀 심한 욕으로 막, 나한테."

욕? 〈원아워즈〉는 한참 유저가 떨어져 나가던 시기와는 달리 지금은 뉴비 친화적인 분위기로 유명하다.

내가 오랜만에 들어갔을 때 곧바로 소매넣기(뉴비에게 기존 유저가 아이템 선물하고 도망가는 것)를 당했을 정도로 고인물들이 뉴비를 도와주는 분위기가 형성되어 있는 편.

뉴비들은 점핑(현금 결제를 통해 만렙 또는 만렙 직전의 레벨로 단번에 도달하는 것) 유저라도 닉네임 옆에 뉴비라고 표시해 주기 때문에 웬만해서는 욕먹는 경우가 드문데?

"어쩌다가, 아……."

의문은 지혁 형이 생성해 둔 캐릭터를 확인하는 순간 단번에 풀렸다.

일단 만렙 직전까지 점핑을 한 캐릭터로 착용 중인 장비엔 전혀 문제가 없었다.

점핑 유저에게 기본적으로 제공되는 만렙용 장비도 있고 아마 하이텐션의 멤버들이 장비 세팅까지는 도와준 모양이었다.

문제는 직업이었다.

"형, 혹시 던전이나 레이드 들어갔었어?"

"응. 레이드하려고 미리 해 본 거니깐?"

"가서 뭐 했어?"

"당연히 공격했지. 레이드에 가면 공격하고 피하고 그러는 거 아니야? 나 나름 막둥이 말 듣고 공략도 보고 들어갔는데."

"……."

와, 상상하니까 손끝부터 차가워지는 느낌이다.

힐러가 힐을 안 하고 만렙 레이드에 들어가서 공격만 하면 아무리 뉴비라도 욕을 먹을 수밖에 없긴 하지.

그래도 뉴비라고 사건사고 게시판 같은데 안 올라갔으면 다행이고.

"이 직업은 난이도가 조금 높은 편이라서 다루기가 힘들어. 힐러 계열이라 나뿐만 아니라 다른 유저 체력도 신경을 써야 하는 그런 거라. 마법봉이 좋아?"

"마법봉 좋지."

"형, 이리저리 움직이는 거 좋아해? 아니면 되도록 움직이지 않는 거?"

"안 움직이는 거."

그래도 이번 기회에 지혁 형의 게임 이해도가 어느 정도인지는 알게 돼서 그나마 다행인가. 지혁 형은 똑똑하고 게임이야 하다 보면 잘하게 되니까 괜찮을 거다.

"그럼 이거 한번 해 볼래?"

난 지혁 형에게 매지션을 추천해 주고 내 자리로 돌아왔다.

―선택하신 직업이랑 닉네임 말해 주시면 점핑권, 장비 보내 드릴게

요.

　지혁 형이 원거리 딜러를 하게 되었으니 난 근거리 딜러인 검술사를 선택하고 PD님의 문자에 답장을 보냈다.
　곧 우편으로 들어온 점핑권과 장비를 새로 만든 캐릭터에 적용시키고 지혁 형과 함께 출연진이 모이기로 한 게임 속 정모 장소로 향했다.

　〈원아워즈〉 게임 내 만남의 광장으로 불리는 지역 켈루스틴의 텔레포트 분수대 앞.

　-안녕하세요~
　-안녕하십니까 반갑습니당
　-ㅎㅇㅎㅇ~
　-ㅂㄱㅂㄱ^^ 잘 부탁해요^^
　-안녕하세요 잘 부탁드립니다

　인게임 내에서 처음 만난 출연진은 채팅만 봐도 연령대가 어떻게 나뉘는지 확연히 알 수 있었다.
　일단 적어도 40대로 추정되는 두 분은 예상대로 대검과 방패를 쥔 탱커 계열 직업을 선택하셨다.

그리고 한 사람은 힐러. 나머지는 우리 포함 전부 딜러.

탱힐딜 비율이 안 맞네 하고 생각하는 찰나 게임을 좀 해본 듯한 출연진이 말했다.

－저희 힐러 한 사람 더 있어야 할듯해요

－레이드 들어가려면

－힐러가 부족할듭……

－탱2 힐2 딜4 맞추고 시작하는게 어떨까요?

난 출연진의 캐릭터를 살펴보았다. 아직 누가 누구인지는 구분하지 못하겠지만 탱커 계열을 쥔 두 분은 대체할 수 없으니 제외.

딜러 계열 중 지혁 형 제외, 한 분은 바꿀 수 없다는 듯 제자리에서 점프 점프 하고 있었고 다른 분들은 고민하고 있는지 말이 없었다.

어쩌겠는가. 다들 하기 싫어하면 출연진 중 제일 막내일 내가 해야지.

－앗 제가 하겠습니다!ㅎㅎ

－오 조아조아

－헐 감사합니당

-/박수
-잠깐 직업 바꾸고 오겠습니다

난 '/인사' 감정 표현을 한 뒤 접속을 종료하고 다시 캐릭터를 생성해 냈다.

부직업으로 키웠었던가 해서 힐러를 아예 안 해 본 건 아닌데 본격적으로 잡은 적은 없었다.

그래서 좀 불안하기는 한데…… 그래도 아예 안 해 본 사람들보다는 내가 하는 게 나을 테니.

캐릭터를 생성하고 다시 점핑권과 장비를 받아 적용하고 분수대 앞으로 돌아가자 언제 배웠는지 다들 나에게 '/큰절' 감정 표현을 하며 감사를 표했다.

-ㅋㅋㅋㅋㅋ
-자 그럼 여러분 전부 모이셨는데요

어느 정도 직업 밸런스가 맞춰지고 인사까지 끝마치자 함께 있던 PD님의 캐릭터가 채팅으로 진행을 이어 갔다.

-처음으로 공대가 모인 날이기도 하니 다들 직업 이해도 높이실 겸 레이드 하나 뛰어 보시는 건 어떨까 합니다
-오늘 가는 곳은 저희가 목표하고 있는 곳은 아니고요

-일명 〈원아워즈〉 유저라면 한 번은 클리어해야 한다는, 시민권이라고도 불리는 '어둠의 궁궐'레이드입니다

'어둠의 궁궐' 레이드는 약 5년 전 엔드 콘텐츠로 나왔던 레이드로 그 당시엔 수많은 유저들을 고통에 몰아넣었던 극한의 기밀으로 유명했다.

다만 지금은 전체적으로 장비 레벨, 유저 실력 향상, 레이드 난이도 너프 등으로 적당히 어렵지만 그럭저럭 깰 수 있는 정도의 입문용 레이드가 된 상태다.

-서로의 실력도 가늠해 볼 겸 한번 도전해 보시죠
-오옹 좋아요
-와 재밌겠다ᄴ
-ㅠㅠ저 잘 못하지만 열심히 해 볼게요ㅠㅠ
-지금 바로 ㄱ할까요?

지금 바로 시작하자는 누군가의 말에 모두가 동의했다. 난 서둘러 출연진을 파티에 초대하고 레이드 시작 버튼에 마우스를 올렸다.

-다들 준비되셨습니까?
-예쓰!!!!

-넵

-ㄱㄱㄱㄱㄱ

-그럼 시작할게요!

난 레이드 입장 버튼을 누르고 힐끔 지혁 형을 바라보았다.

지혁 형은 아무래도 이전 힐러로 레이드 갔을 때의 경험이 트라우마로 남았는지 상당히 긴장하고 있는 기색이었다.

"형, 처음이니까 죽어도 괜찮아. 할 수 있는 만큼 편하게 해."

"어유, 알지 알지. 그래도 최대한 열심히 해 볼게~."

긴장 안 한 척하기는.

그래도 뭐, 5년 전 레이드면 어떻게든 끝까지는 가지 않으려나.

출연진 중 지혁 형만큼 경험이 없는 사람은 드물고 40대 출연진 중엔 지금도 MMORPG를 즐겨 하고 계신 분이 있다고 들었다.

무지막지하게 돈을 붓고 계신다고 사전 인터뷰에서 말했다고 하지.

나보다 센스가 넘치는 분들이 계실지도 모른다.

……하지만 예상은 언제나와 같이 내 생각을 빗겨 나가지.

-어 저 죽음;;

-왜 죽은 거예요 형님?

-헐 죄송합니다

-몰라 나 왜 죽었지

-너는 왜 죽었냐

-ㅋㅋㅋㅋㅋ탱커 힐러 두분 빼고 다 죽었네

1페이즈(첫번째 구간)에 튀어나오는 드래곤의 4연속 브레스.

'이곳에 깔려요!' 하고 떡하니 표시를 해 줬는데도 불구하고 연속으로 나오는 드래곤의 입김에 원거리 딜러부터 한 사람씩 눕기 시작했다.

그러더니 정신 차리고 보니 나와 탱커, 둘만 남아 있었다.

-리할까요?(다시 시작할까요?)

내가 묻자 탱커님은 말했다.

-ㄴㄴ내가 체력이 없지 힐러가 없습니까

-계속하죠^^

Chapter 13.
정규 1집 (12)

체력이 없지 힐러가 없습니까.

이 한마디가 내 심금을 울렸다. 솔직히 1페이즈(첫 번째 구간)에 나와 탱커 하나 빼고 전멸이었으니 그냥 다시 하는 편이 나았을 테지만.

계속 하시겠다는데 뭐라고 하겠나.

거기다 사실 나는 레이드 중 이런 극한의 상황이 일어나는 것을 즐기는 편이기도 했다.

-넵

난 짧게 대답을 치고 손가락을 놀렸다. 눈은 손가락보다 더 빨리 움직였다.

드래곤의 공격 하나하나가 아픈 편이라 여유는 없지만 기회만 잘 보면 몇 명 정도는 힐러 스킬로 부활시켜 줄 수 있을지도.

"와, 저분도 우리 현우만큼이나 잘하신다~."

지혁 형은 오히려 죽은 뒤 두려움에서 해방되었는지 레이드를 관전하며 옆에서 열심히 분위기를 복돋아 주었다.

MMORPG에 무지막지한 돈을 때려 박고 있던 탱커는 역시 저분이었나.

처음 보는 보스에 처음 보는 공격 패턴일 텐데도 능숙하게 잘 피하며 공격하고 있었다. 물론 맞을 사람은 탱커님뿐이라 피한다고 해도 체력은 미친 듯이 깎이긴 하지만.

각성기도 써 준 덕분에 드래곤의 체력도 빠르게 빠지고 있고.

'무난하겠는데?'

적어도 1페이즈의 몹은 드래곤 하나뿐인 듯하고. 정말 1페이즈는 둘이서 충분히 깰 수 있을 듯했다.

일단 무엇보다 착용하고 있는 장비가 무난하게 좋다.

그렇게 좀 길다 싶은 시간이 걸려 드래곤이 쓰러지는 컷신과 함께 1페이즈가 끝났다.

—와……이게 가능하네

―두분 되게 잘하시네요ㅜㅜㅜ

―관전하며 보니까 지옥이 따로없네. 이게 입문용 레이드에요?

―나름 할만하네요 힐러님 실력이 좋아서 그런가 체력이 안줌ㅎ

탱커님은 1페이즈 클리어의 공로를 나에게 돌리는 여유까지 보이며 다음 장소를 향해 달리기 시작했다.

갑자기 무한한 신뢰감이 쌓이기 시작했다.

이 사람이 있다면 어찌어찌 이 젬알못 공대가 목표 레이드 클리어는 못해도 중반은 가겠다는 그런.

그러나 확신의 신뢰는 다음 장소에 돌입하자마자 빠르게 무너져 내렸다.

"와, 사운드 출렁이는 거 보는 느낌이야. 대박."

지혁 형은 탱커님의 체력 바를 보며 순수하고 얄미운 감탄사를 내뱉었다.

체력 바가 왜 출렁이는 줄 아는가.

빠지는 족족 내가 채워 넣고 있기 때문이다.

난 이를 악물고 미친 듯이 키보드 연타를 하기 시작했다.

탱커님은 게임을 잘한다. 하지만 탱은 못하시는 모양이었다.

1페이즈를 클리어하고 다음 구간으로 넘어가는 통로의 몹몰이 구간(잡몹들이 대거 튀어나와 다음 구간으로의 이동을 막는 구간).

탱커님은 자신감에 차서 나와의 거리는 뒤로한 채 미친 듯이 달리기 시작했다.

　당연히 달리는 거리만큼 잡몹들의 어그로는 전부 탱커님에게로 향했다.

　차라리 나와 거리라도 유지하며 달리면 좋았을 것을 멀어지는 바람에 힐도 잘 안 들어가서 솔직히 화낼 뻔했다.

　잡몹들이라고는 해도 그 수가 너무 많고, 그걸 죄다 끌고 와 처맞고 있으면 아무리 힐을 해도 한계가 있는 법이다.

　피가 미친 듯이 출렁이면서도 조금씩 죽음에 가까워진다는 말이다.

　내 마나는 벌써 바닥을 기고 있다.

　-탱커님 조금만 천천히 해 주세요ㅜ
　-아니면 몇마리씩 끊어서 어그로 끌어 주세요ㅜㅜ

　결국 보다 못한 채팅을 올렸다. 하지만 그건 오히려 부작용을 만들어 냈다.

　-아네
　-죄
　-송합
　-ㄴ;ㄷ

탱커님이 답을 하려 채팅에 손을 대는 바람에 공격이란 공격은 다 맞아 버린 것이다.

제길, 그냥 여기서 탱커 죽이고 나도 죽으면 편해지는데 이게 뭐라고 이렇게 과몰입을 했지, 나는?

"현우야, 근데 네 체력도 좀 위험한 거 아니야?"

"어, 알아."

난 즉발(캐스팅 시간 없이 바로 발동 가능한 스킬) 도트힐 스킬을 내 자신에게 쓰고 마나, 체력 물약을 사용했다.

내 자신한테 힐 할 시간과 마나 따위 없으니까.

–ㅋㅋㅋㅋㅋㅋㅋㅋㅋ힐러님 물약ㅋㅋㅋㅋ

–ㅋㅋㅋㅋㅋㅋㅋㅋㅋㅋㅋㅋ

–고통받고 계시넼ㅋㅋㅋㅋ

–이걸 살리려곸ㅋㅋㅋㅋㅋ의지의 한국인! 멋있다

이제 채팅 따위 눈에 보이지도 않았다.

일단 탱커를 살려 두고 체력과 마나를 보충한 뒤에 2페이즈에 들어가면 되겠지.

탱커 타입을 보아 오히려 잡몹 구간보단 보스 구간에서 더 쉬워지고 여유가 생길 것이다.

"현우 표정 좀 보세요, 여러분. 세상 진지해요."

지혁 형이 내 얼굴에 카메라를 들이대는 것이 느껴졌다.

난 모니터에 시선을 집중시킨 채 미소만 지었다.

"하아…… 하아……."

키보드만 두드렸는데 숨이 거칠어지는 건 참 오랜만이네.

그래도 결국 나는 해냈다.

잡몹 구간에서 탱커님을 지켜 냈다.

─고생 많으셨어요 힐러님

─ㅎㅎㅎ아니에요

난 잠시 호흡을 고르다 상체를 일으키고 다시 1페이즈가 진행되었던 곳으로 달렸다.

"아, 지금 부활시켜야겠다. 다음 페이즈 들어가면 아마 부활 안 될 거야."

실제 내 얼굴이 나오는 분량은 얼마나 나올지 모르겠지만 아마 게임 속 분량은 내가 주인공 수준으로 뽑혔을 것이다.

─잠시 다음 보스 만나기 전에 한 말씀 올리겠습니다

마침내 죽어 있던 모든 멤버가 살아나고. 2페이즈로 들어가기 직전 줄곧 나와 함께했던 탱커님이 채팅을 올렸다.

─다들 아실 거라고는 생각하는데 바닥에 색깔 표시가 생기면 그 자

리에 공격한다는 거니까

　－꼭 피해 주세요

　－안 그러면 힐러님이 힘들어집니다

　－앗, 네!

　－넵^^

　탱커님은 그 외에도 몇 가지 주의 사항을 읊어 주고 2페이즈 진행을 시작했다.

　두 번째 보스, 비운의 탐정

　이름만 봐도 상당히 짜증 나는 기믹을 많이 쓸 법한 사람형 보스였다.

　보스는 가만히 서서 지팡이를 휘둘러 팀원을 공격하거나 쓰고 있던 모자를 벗어 팀원 일부를 가두는 등의 기술을 사용했다.

　정말 다행이도 1페이즈 때의 전멸은 정말로 예상치 못한 연속 공격으로 인한 해프닝이었는지 몇몇 사람들 이외에는 상당히 잘 파훼해 주었고 중반까지 죽은 사람은 아무도 없었다.

　－1페이즈보다 쉬운 것 같은건

　－내 착각일까

누군가 말했고 나는 그 의견에 동의했다.

아직까지는 전혀 무리 없을 정도로 쉽게 보스의 체력을 깎고 있었다.

모두가 잘해 준 덕분에 나도 한층 편하게 힐과 공격을 번갈아 가며 보스의 기술 시전을 살필 여유가 생겼다.

그때 보스의 체력 바 위로 '범인 처단'이라는 기술이 캐스팅(스킬 시전을 준비하는 상태)되기 시작했다.

'캐스팅?'

보스가 기술을 캐스팅한다는 건 플레이어들이 대비를 해야 하는 기술이라는 건데?

그러나 바닥을 봐도 공격하겠노라 표시되는 곳은 없다.

'뭐지?'

알지 못하는 기술에 의아함을 표기하기도 잠시, 비운의 탐정이 손가락으로 팀원 하나를 지목했다.

-?

-??

-헐 이거 뭐임

-세뇌기술 들어간 것 같은데요

-어 님들 저 왜 때려요ㅜㅜ

탐정의 지목이 끝남과 동시에 팀원들의 캐릭터가 멋대로

움직이며 지목당한 팀원을 때리기 시작했다.

–헐 저 범인이라고 뜨는데요

그리고 팀원의 머리 위로 '범인'이라는 글씨가 커다랗게 떠올랐다.
다들 제 스킬 보느라 바빠서 탐정이 손가락으로 팀원 지목당한 걸 보지 못한 듯 모두 이유도 모른 채 멘붕에 빠져 채팅만 쳐 대고 있었다.

–헐 이러다 진짜 죽겠는데요..
–이거 어떻게 푸는 방법이 있는 건가?
–ㅜㅜ저 죽어여 님들..ㅜㅜㅜㅜ
–진짜 모지;;

그리고 결국 '범인'으로 지목당한 플레이어는 팀원들에게 공격당해 죽었다.
범인이 죽고서야 팀원들의 캐릭터에게 자유가 돌아왔고 다시 보스를 공격할 수 있었다.
"진짜 뭐지? 저분 왜 죽을 걸까?"
"……."
아직 확실히 파악되지 않았지만 아마 '범인 처단'은 1인 한정 즉사 기술이었던 모양이다.

　보통 이런 기술이 발동되는 경우 파훼 방법이 무조건 있고 보스가 기술 캐스팅을 하는 동안 대비해야 하는 경우가 대부분이다.

　-아까 범인 처단이라는 기술 캐스팅한 뒤에 닉네임다있대대대님 지목하는 거 봤어요
　-아마 지목당한 사람 공격하는 것 같아요
　-헐 그래서 제가 죽었군요ㅜㅜ

　난 아는 것까지 채팅에 올려 두고 다시 레이드에 집중했다.
　'범인 처단' 직후 파티원 모두에게 두 번의 아픈 광역 공격이 들어왔다.
　빠르게 힐 해 주고 조금 더 격해진 기본 기술들을 피하며 공격하다 보니 곧 두 번째 '범인 처단' 캐스팅이 시작되었다.

　-범인 처단 기술 캐스팅 중

　캐스팅하는 도중 아무 표시도 없을 경우 생각할 수 있는 기본적인 회피 방법은?
　"……아."

난 잠시 생각하다 캐스팅이 끝나기 직전 캐릭터의 방향을 돌려 보스를 보지 않도록 했다.

범인을 지목하는 장면을 안 보면 되는 걸지도.

굉장히 보편적으로 알려진 회피법이기도 하고 스킬 이름이나 제스처를 보아 범인이 누군지 모르면 공격하지도 못할 테니까.

곧 파티원 중 누군가가 범인으로 지목당했다.

-헐 저 범인이에요
-ㅜㅜ님들 안녕……

그리고 파티원들이 지목당한 플레이어를 공격하기 시작했다.

나만 빼고.

내 캐릭터는 지목이 끝난 이후에도 자유로웠고 난 빠르게 이미 죽어 있던 파티원을 부활시킨 뒤 가만히 기다리는 보스를 뚜까팼다.

-어 힐러님 어케했어요?
-오오 역시 에이스
-어떻게 하신거예요?
-캐스팅 끝나기 직전에 보스한테서 등 돌리면 되는 듯해요

-와 진짜 겁나 멋있어 머리 좋으신듯

-힐러님 진짜 게임 잘하시네요

"오오, 우리 현우 너무 똑똑한데? 형 좀 두근거렸다잉."

"그냥…… 원래 이 게임에서 자주 있는 회피법이야."

하지만 칭찬에 고래는 춤춘다.

난 즐거움을 느꼈다. 동시에 집에서 올망똘망 기다리고 있을 토끼 같은 동생들과 여우 같은 주한 형, 사람 같은 고유준을 떠올렸다.

'주한 형 좋아하겠지?'

주인공 못지않은 분량을 확신할 수 있어 너무나 기뻤다.

아무리 쉬워졌다고 한들 한때 많은 고인물 유저들을 고통의 수렁텅이에 빠트렸던 레이드다.

오버 스펙의 장비를 착용하고 왔다고는 해도 레이드는커녕 〈원아워즈〉 자체를 처음 해 보는 뉴비들이 기믹도 모른 채 이걸 한 번에 깰 수 있을 리가 없었다.

……하지만 그렇다 해도 이건 좀 심하다.

-죄송합니당..ㅜ

-저 그냥 누워 있는 편이 나을 듯

난 한숨을 쉬며 부활 스킬을 스킬창에서 뽑아 버렸다.
살려도 죽고 살려도 죽고 살리면 또 죽는다면 저들은 더 이상 팀원이 아니다.
그저 괜히 마나만 낭비되는 하나의 함정일 뿐이지.
그럴 거면 그냥 계속 저대로 죽은 채 지켜보는 것도 괜찮지 않을까?

-힐러님 저 ㅎ ㅣ ㄹ좀..
-ㅜㅜ죄송해요 마나가 부족해요

그도 그럴 게 자꾸만 죽는 출연진 때문에 정작 힐(치료)이나 부활이 필요한 능력 있는 팀원들한테는 마나 부족으로 스킬 사용을 하지 못하고 있다.
정말 다행인 것은, 그나마 잘 버티는 팀원들이 죽으면 죽을수록 실력과 테크닉이 빠르게 쌓이고 있다는 것 정도일까.
난 또 죽어 누워 있는 팀원들을 향해 채팅 하나를 올리고 레이드에 집중했다.

-님들 저 부활키 뽑았어요

그러자 빠르게 올라오는 시체들의 채팅들.

─ㅋㅋㅋㅋㅋㅋㅋㅋㅋㅋㅋㅋ
─힐러님 흑화하셨넼ㅋㅋㅋㅋㅋㅋㅋㅋ
─ㅜㅜㅜㅜ죄송해요ㅜㅜㅜ용서해 주세요ㅠㅠ한번만 더 살려 주십
셔……
─스킬쿨이 도는 바람에 그만……

안 보인다. 안 보여. 하나도 안 보여.
애써 그들을 무시하며 보스를 때리는 데 집중했다.

─오 이제 다들 잘하시네

살아남은 사람은 나 포함 셋.
이들은 보스의 기믹에도 익숙해져 웬만해선 맞지 않는다.
그렇게 조금씩 합이 맞춰지고 레이드의 끝을 향해 달려 나
갈 때 땅이 흔들리기 시작했다.
우우우웅─.

─히히히힛~ 진실은 하나뿐이지. 범인은 바로 나라는 것이야.

비운의 탐정이 자신의 비밀을 밝히더니 악마처럼 웃으며

땅을 흔들고 연속 공격을 시전하기 시작했다.

-?
-??뭐야
-저 안 움직여지는데요?

살아남은 자들은 동요하며 표시도 없이 퍼부어지는 공격을 피하려 이리저리 뛰어다녔고 죽은 자는 그저 채팅창에 물음표만 띄우고 있었다.

'이게 뭐지?'

지금까지 없던 패턴에 나 또한 멈춰 선 채 미친 듯이 요동치는 체력바를 바라만 보고 있었다.

마치 보스의 주특기처럼 화려하게 쏟아붓던 불길은 어느새 내 화면 전체를 가득 채우며 시야를 막았다.

그리고서야 이 상황이 딜 부족(적에게 가하는 대미지 부족)으로 인한 보스의 즉사기(게임에서 상대를 즉사시키는 필살기)였다는 걸 깨달았다.

하지만 깨달아 봤자 이미 타이밍은 늦었고 우리는 이 상황의 파훼법을 모른다.

뒤늦게 탱커님이 배리어 스킬을 발동해 보신 듯했지만 아쉽게도 발동되기 전 우린 모두 죽어 정신을 차려 보니 처음으로 되돌아가 있었다.

그동안 열심히 손, 눈, 머리를 굴리며 게임에 임한 시간이 통째로 날아가 버리는 허무한 상황.

나와 가장 마지막까지 버텼던 탱커님, 그리고 딜러님은 한동안 말이 없었다.

－ㅜ저희 여기까지 할까요?
－다음에는 더 연습해서 오겠습니다ㅜㅜ죄송해여..
－공략 꼭 보고 오겠습니다ㅜㅜ

딱히 아무도 눈치를 주지 않았지만 관전하던 팀원들은 열심히 공부해 오겠노라 말하며 미안함을 표했고, 난 허무함을 뒤로한 채 캐릭터를 점프시키며 괜찮다는 표현을 했다.

－이제 다들 퇴장하시죠
－다들 수고하셨습니다

탱커님이 '/손인사' 감정 표현을 한 뒤 가장 먼저 레이드에서 탈출했고 그 뒤로 차례차례 사람들이 빠져나갔다.

"힘들어……."

나도 모르게 한숨을 쉬며 내뱉자 지혁 형 역시 다른 팀원들처럼 미안한 표정을 지으며 다가와 내 어깨를 주물러 주었다.

"고생했어, 현우야. 형도 연습 좀 해 올게."

"응, 아마 형은 연습하면 되게 잘할 거야. 뭐든 잘하잖아."

지혁 형은 또 과하게 감격한 표정을 지으며 입을 막고 고개를 끄덕였다.

–모두 고생 많으셨습니다

레이드 장소를 나오자 다시 보이는 만남의 광장 켈루스틴의 텔레포트 분수대.

그곳에 대기하던 PD 캐릭터가 한차례의 레이드 경험으로 지친 우리에게 말을 걸어왔다.

–ㅋㅋㅋ다들 지치신 것 같은데
–어둠의 궁전 레이드 어땠나요?

PD님의 말에 다들 잠시 말이 없다 한마디씩 툭 채팅을 올렸다.

–어려워요ㅠ
–계속 누워 있다 와서 잘 모르겠습니다ㅜ
–좀 연습해야 할 것 같아요
–이거 등급으로 따지면 상중하 중에 어느 정도인가요?
–난이도

−전체로 따지면 중상 정도요?

난 그들의 대화를 지켜보며 속으로 생각했다.
아무리 연습이나 경험이 없다고는 해도 부활하자마자 죽
는 사람들이 반이었다.
중상 정도의 레이드에서 이 정도의 수준인데 이 팀원으로
공대를 짜서 최상위 콘텐츠에 도전을 한다?
그게 말이 되는 걸까.
현실적으로 생각했을 때 전혀 불가능하다고 본다.
스케줄 죄다 비우고 프로게이머들처럼 하루 종일 컴퓨터
앞에 앉아 〈원아워즈〉만 하고 있지 않는 이상 단기간 안의
클리어는 무리가 아닐까.

−여러분들은 다음부터 〈원아워즈〉의 현재 시점 가장 어렵다는 엔드
컨텐츠, '신념의 불꽃' 레이드에 도전하게 됩니다
−물론 그때는 지금처럼 온라인 정모가 아니라 모두 한 장소에 모여
서 원활히 소통하시며 진행하시게 될 거예요

하지만 클리어가 되지 않아도 예능적인 그림은 만들어져
야 한다.
감동.
감동을 만들어야 했다.

어쨌든 출연진이 레이드에 진심이 되어 한마음 한뜻으로 움직이며 하나가 되어 가는 과정.

열심히 노력했지만 결국 클리어하지 못했다는 분함과 서러움의 눈물.

적당한 감정싸움과 화해.

"잘했어. 잘했어. 이만하면 잘한 거야."

이런 식으로 누군가 눈물 흘리는 출연진을 토닥이며 복돋아 주는 그림이 훨씬 현실적으로 와닿았다.

이것도 나름 괜찮을 것 같은데?

〈원아워즈〉 입장에서도 젬알못(게임을 잘 모른다는 뜻) 뉴비들이 몇 주간 노력했다고 깰 수 있는 콘텐츠보다 더욱 도전의지가 생기지 않을까.

　–공대장은 힐러님^^

　–힐러님 조아요~

　–힐러님이 제일 게임에 익숙해 보이셔서요

내가 나름의 계획을 짜는 동안 형식상의 공대장 투표가 이루어졌고 제작진의 예상대로 공대장은 내가 맡게 되었다.

공대장에게는 무거운 책임감이 따르지만 그만큼 분위기를

좌지우지하기 참 좋은 위치다.

　-감사합니다ㅜㅜ열심히 해 보겠습니다!

　내가 '/인사' 감정 표현을 하자 팀원들이 '/박수' 감정 표현
을 하며 공대장 취임을 축하해 주었다.
　훈훈한 우리들을 지켜보던 PD님도 함께 박수를 보내며
분위기를 맞춰 주다 점프를 하며 시선을 집중시켰다.

　-자, 이제 공대장님도 정해졌으니 이제 슬슬 캐릭터가 아니고 진짜로
통성명을 해 볼까요?
　-오옹
　-여러분들은 지금 서로가 누구인지 모르시는 상태로 레이드를 함께
하였죠.
　-공대장 투표의 공정성과 색안경없는 실력 평가를 하시라고 서로의
이름을 밝히지 않은 채 우선 레이드를 진행해 보았습니다.
　-우선 서로가 누구인지 밝히기에 앞서 저희들의 아지트로 먼저 이동
하실까요?

　PD님은 좀 더 다른 유저들의 눈치를 보지 않고 편안히 소
통할 수 있도록 제작진에서 독자적으로 구매한 개인 영지를
소개시켜 주었다.

이곳에서 우린 서로 통성명을 시작했다.

–안녕하세욤!ㅆ하이텐션의 리더 우지혁입니다
–게임은 처음 해 봐서 오늘 부끄러운 모습 많이 보였는데 열심히 연
습하겠습니다!

출연진은 한 사람 한 사람 소개될 때마다 '/박수' 감정 표
현을 해 주었다.
지금까지 밝혀진 출연자는 지혁 형, 얼마 전 함께 배짱이
를 촬영했던 온정우 선배님을 포함해 개그맨 두 명, 배우 한
명이었다.

–안녕하세요. 크로노스의 서현우입니다
–잘 부탁드립니다
–헐 현우 씨 반가워요. 얼마 전에 우리 촬영하면서 봤죠?ㅆ
–힐러님 너무 잘한다고 했더니 역시 젊은이였군!
–에이 형님 요즘 그런 말하면 꼰대라고 해요——

이제 레이드 내에서 누워 계시던 선배님들의 대화 속에서
난 아직 어떠한 말도 하지 않은 채 멀뚱히 서 있는 탱커님을
주목했다.
내가 출연진 중 가장 궁금한 사람은 저 사람이었다.

말투를 보아 나이는 좀 있으신 듯하고, 게임에 억대는 가볍게 넘길 정도로 돈을 쏟아부은 MMORPG 고인물.

딱 죽고 싶을 정도로 잡몹을 몰고 공격을 다 맞긴 했지만 보스만은 잘 때려잡은 사람.

레이드 도중 동지애도 나름 느꼈던지라 캐릭터 뒤에 숨은 실제 인물이 누구일지 굉장히 궁금했다.

－자. 다음. 우리 전사. 탱커님.

PD님의 말에 탱커님이 점프를 뛰고 한 박자 늦게 채팅을 올렸다.

－안녕하세요

－만나서 반갑습니다

－저는 〈원아워즈〉의 개발사 틴타윙스의 대표 이미향입니다

생각지도 못한 출연자가 튀어나왔다.

굉장히 센스 좋고 능숙하다고는 생각했지만 설마 개발사 대표님이었을 줄은 생각도 못 했다.

－개발사 대표치고는 실력이 안 좋았겠지만 점점 잘하겠습니다^^ 잘 부탁드립니다

그러고 보니 개발사 대표님이 〈원아워즈〉 초대 디렉터라고 하셨던가.

지금도 적자를 보는 게임에 큰돈 들여 예능 제작도 할 정도로 상당한 애정이 있다고 들은 적 있는 것도 같다.

출연진은 빠르게 예능적인 아부와 굽신거리기를 하기 시작했고 PD님은 화기애애한 분위기를 만들며 오늘의 정모를 마무리했다.

"현우야, 다음 주 기대해도 좋아. 형은 천재라 연습 좀 하면 금방 잘할 수 있어."

"어, 그래."

"다음 주엔 너랑 끝까지 살아남는 게 내가 될-."

나는 열심히 자기 어필을 하는 지혁 형을 토닥여 준 뒤 매니저 형과 함께 숙소로 향했다.

한창 활동할 때는 피로한 상태가 기본이다 보니 차에서 미친 듯이 졸음이 쏟아지는 것도 익숙하다.

"아, 피곤해 죽겠어~ 주한 형 담요 귀여운 동생한테 빌려주면~."

"싫어."

"진성이 담요를 귀여운 형아한테 빌려주면~."

"누구세요?"

"윤찬이 담요를 잘생긴 형아한테-."

"윤찬이 잔다."

"넵, 주한 형님."

고유준은 이리저리 돌아가며 멤버들에게 장난을 치다 잠이 들었다.

〈환상령〉 활동엔 유독 행사 스케줄이 늘어난 데다 나뿐만 아니라 다들 각자 예능 스케줄까지 있으니 오죽 피곤하겠는가.

근데 그런 하드한 스케줄 속, 멤버들 중에서도 유독 피곤함에 쩔어 있는 멤버가 있었다.

윤찬이었다.

Chapter 14.
휴식기 (1)

"윤찬 씨를 제외하고 연습실에 내려 드리겠습니다."

"네."

평소라면 피곤해도 두어 시간 연습을 시켰을 수환 형이지만 오늘은 윤찬이 먼저 숙소에 보내려는 모양이었다.

그럴 수밖에 없었다.

최근 다들 바쁘게 지내긴 하지만 유독 윤찬이의 스케줄이 **빡빡**했다.

얼마 전 윤찬이가 드라마 오디션에 합격하고 드라마 관련 일정을 소화하고 있었기 때문이다.

당연하겠지만 드라마 일정은 공식보다 비공식 일정이 훨씬 많았다.

윤찬이가 맡은 역할은 주인공 부부의 아들 역으로 중요한 역은 아니지만 매화 등장할 예정이라 미팅, 리허설 일정에 전부 참여하고 있었다.

드라마 일정에 대본 외우기, 앨범 활동까지 겹치니 인사불성으로 피곤해하고 조는 것도 당연하다.

수환 형은 연습, 음방 리허설 등 윤찬이의 비공식 일정을 최대한 줄이며 컨디션 조절을 해 주고 있는데 그렇다곤 해도 윤찬이는 최근 좀 버거워 보였다.

연습, 리허설을 빠질 때가 많으니 실수도 예전만큼 늘어났고.

"도착했습니다. 준비운동 충분히 하고 시작하시고, 저는 윤찬 씨 데려다준 뒤 다시 오겠습니다."

"네."

"……네."

그러나 멤버 대부분 그럭저럭 윤찬이의 상황을 이해하고 최대한 배려해 주는 상황이긴 해도 사실 실수, 리허설 불참 등 앨범 활동에 지장을 주고 있다 보니 멤버 모두가 불만이 없는 건 아니었다.

"음, 그럼 윤찬이는 연습 언제 해요? 새벽에? 저 새벽에 잠깐 나와서 윤찬이 연습 도울 수 있을 것 같은데."

고유준이 굳은 표정을 숨기지 못한 채 말했다.

수환 형은 고유준을 보며 알 수 없는 표정을 짓더니 고개를 끄덕였다.

"새벽에 개인 연습을 하고 있으니 그때 같이 하셔도 될 것 같습니다."

"알겠어요. 새벽에 윤찬이랑 연습실 갈게요."

고유준이 대답하고 고개를 꾸벅하더니 곧바로 연습실로 사라졌다.

고유준이 불편한 심정을 숨기지 않았으므로 당연히 멤버들과 수환 형 사이에 미묘한 정적이 맴돌 수밖에 없었다.

"하, 저 자식 또 감정적으로."

주한 형은 고유준을 흘겨보더니 수환 형의 등을 밀어 차로 보냈다.

"쟤는 제가 알아서 할 테니까 윤찬이 숙소에 데려다주세요. 곧 있으면 녹음 있어서 저래요."

"……압니다. 부탁드립니다, 주한 씨."

"넹. 올라가자, 다들."

주한 형은 빠르게 정적을 끊고 우리들을 챙겨 연습실로 향했다.

고유준의 심정이 이해되지 않는 건 아니었다.

매번 장난치며 분위기 메이커 역할을 자처하는 고유준이지만 연습생 시절 월말 평가에서 언제나 상위권을 차지한 데엔 이유가 있다.

저 녀석, 의외로 상당히 무대 완벽주의자 체질이다.

연기는 윤찬이가 예전부터 매우 하고 싶어 했던 것이니 응원하고 싶은 마음은 있다.

하지만 앨범 활동 중에 실수가 계속 나오는 것을 방관할 수도 없다.

그런데도 연습과 리허설을 계속 빠지고 있고.

원래 잘하던 것도 잘 못하고 있는 찰나에 곧 중요한 녹음이 있으니 더 예민하게 구는 것이다.

"유준이 형 화난 거 아니지?"

"아냐, 쟤 캘리아 로렌스 씨 녹음 스케줄 때문에 저러는 거야."

고유준은 특히 보컬에 신경 쓰는 녀석이니까.

그렇게나 기다리던 캘리아 로렌스와의 녹음이 코앞으로 다가왔으니 어쩔 수 없는 거지 뭐.

윤찬이의 연습, 리허설 불참을 이해하듯 녹음을 앞두고 제대로 연습을 하지 못한 고유준의 예민함도 그럴 수 있다고 이해하는 거다.

"그나저나 진성이는 웬일이야?"

"내가 뭐?"

주한 형이 진성이의 어깨에 팔을 얹었다.

"형은 개인적으로 화를 내도 네가 낼 거라고 예상하고 있었거든."

"아, 뭐래? 나 원래 화 잘 안 내거든. 유준이 형이랑은 다르게."

"아, 그렇지. 우리 진성이 어른이지."

난 슬쩍 흘리듯 말하며 짜증 내는 진성이를 지나쳤다.

사실 나도 고유준보다 진성이가 제일 먼저 화를 낼 거라고 생각했다.

고유준은 보컬, 진성이는 퍼포먼스 퀄리티에 예민한데 객관적으로 인내심은 진성이가 고유준보다 적은 편이라 무대 위 실수가 잦아지는 윤찬이의 모습에 금방 불만이 쌓일 줄 알았기 때문이다.

진성이는 뾰로퉁한 얼굴로 나와 주한 형을 흘겨보며 고개를 저었다.

"내가 어떻게 윤찬이 형한테 화를 내? 맨날 뻗어 자는 걸 같은 방에서 보고 있는데."

"……너 진짜 어른 다 됐구나? 형 감동이다. 이제 하산해라."

주한 형이 주접을 가장해 진성이를 놀려 댔다.

하긴 진성이는 방도 같이 쓰고 윤찬이랑 가장 가깝게 지내고 있으니 얼마나 피곤한 생활을 하고 있는지 알겠지.

"거기다 윤찬이 형 진짜 새벽에 연습해."

"그래?"

"엉, 다들 자는데 어두컴컴한 방 안에서 안무 연습하고 조용히 노래 불러 보고 그래. 나 처음에 귀신인……. 아, 아니야. 아무것도 아니야. 귀신은 이 세상에 없어."

"……아니야. 이 세상에 귀신은 있어."

주한 형이 말하자 진성이는 도망갔다.

주한 형은 낄낄 웃더니 한숨을 쉬곤 내 등을 툭 친 후 연습실로 들어갔다.

그나저나 진짜 캘리아 로렌스와의 녹음이 막막하긴 했다.

왜 수환 형이 충분히 쉬는 시간을 줬는데도 윤찬이 컨디션이 갈수록 안 좋아지는지 방금 진성이의 말로 알았다.

밤에 남들 몰래 연습하고 있으니 목 상태는 갈수록 안 좋아지고 실수가 잦아지는 거겠지.

그러나 알았다고 해서 대처할 수 있는 방법 같은 건 없었다.

물론 숙소에 돌아가면 윤찬이에게 자다 일어나서 억지로 성대를 쓰는 일은 그만두라고 타이르긴 할 거지만, 캘리아 로렌스와의 녹음 날까지 이미 상한 컨디션을 최상으로 돌리는 건 어떤 방법으로도 불가능할 것이다.

윤찬이가 너무 핑계 없이 성실한 사람이라서 생긴 불상사였다.

캘리아 로렌스가 작곡 작사한 곡의 녹음 날.

당연히 크로노스의 곡을 녹음하기 위해 캘리아 로렌스가 한국에 올 리는 없고 우리의 녹음 작업은 모두 메일과 스카이프를 통해서 이루어졌다.

캘리아 로렌스가 우리에게 보낸 곡이니 이미 캘리아 로렌스의 피처링 부분은 녹음이 되어 있는 상태였고 멤버별 파트 배분은 캘리아 로렌스가 따로 요청한 파트 이외 모두 주한 형에게 맡겨졌다.

물론 녹음이 끝난 후 캘리아 로렌스에게 다시 한번 컨펌을 받고 파트 재분배가 이루어질 수도 있지만 윤찬이의 목 컨디션이 상당이 나쁜 지금 그나마 다행이었다.

주한 형은 캘리아 로렌스에게서 가장 먼저 곡을 받아 파트를 배분하고 소속사의 컨펌을 받았다.

"일단 내가 처음 나눈 파트대로 가 보고…… 변경될 수 있으니 생각해 두고."

"네."

"녹음 시작할게요."

주한 형이 캘리아 로렌스 대신 프로듀서의 자리에 앉았고 한 명씩 부스에 들어가 녹음이 시작되었다.

가장 먼저 들어간 건 고유준이었다.

콰직-.

고유준이 녹음하는 모습을 지켜보고 있을 때 바로 옆에서 종이 구겨지는 소리가 들려왔다.

"……윤찬아?"

윤찬이가 구겨진 종이를 도로 펴며 한숨을 쉬곤 물을 들이 켰다.

그저 부담감 때문에 저런다기엔 상당히 우울하고 소심한 모습이었다. 마치 예전 연습생 시절, 회사 사람들에게 다이 어트를 권유받던 그때와 같아졌다고 할까.

"너 괜찮냐?"

"아니요……. 안 괜찮은 것…… 죄송해요. 저 너무 민폐인 것 같아요."

"무슨 말이야? 그런 말이 어딨어? 피곤하면 컨디션 관리 하고 싶어도 못하지."

윤찬이의 분위기가 예사롭지 않다.

뭔가 일이 나도 날 것 같은 찰나, 난 불안한 마음에 손을 뻗어 윤찬이의 어깨에 손을 올렸지만 그보다 윤찬이가 자리 에서 일어나는 게 더 빨랐다.

"형, 위로해 줘서 고맙습니다. 근데 저…… 아무래도 오디 션 보지 말걸 그랬나 봐요."

윤찬이는 완전히 부담감과 자괴감에 빠져 자존감이 바닥 으로 떨어져 버렸다.

누구의 탓도 할 수 없었다.

아무리 수환 형과 태성 매니저님이 잘 케어해 준다고 한들 크로노스보다 배는 바쁜 사람들이 꼭꼭 숨겨 둔 속마음까지 완벽히 헤아려 주기는 힘들지 않은가.

그러니 다들 각자의 멘탈과 컨디션을 관리하기도 벅찬 활동기에 스스로의 관리는 스스로 해야 했다.

그러나 윤찬이는 '민폐가 된다.'라는 생각에서 도무지 벗어나지 못한 모양이었다.

"왜 그래? 괜찮아. 괜찮은데 왜?"

윤찬이는 고개를 세차게 젓더니 주한 형에게로 향했다.

"저기, 주한 형⋯⋯."

"어?"

주한 형은 고유준의 목소리에 정신이 팔린 상태로 의자를 돌렸다.

"저⋯⋯ 파트 조금만 줄여 주시면 안 될까요⋯⋯. 도저히 못 부를 것 같아요."

그렇게 말하는 윤찬이의 목소리는 물기로 가득했다.

뒷모습만 보였지만 보지 않아도 울고 있을 것 같았다.

하지만 갑자기 파트를 줄여 달라는 건 좀 난감한 요구 같은데.

내가 인상을 찌푸리며 일어나는 순간 윤찬이에게로 시선을 돌린 주한 형의 눈빛이 싸늘하게 식었다.

"아, 그래?"

"목 상태가 너무⋯⋯."

"알았으니까 가서 앉아 있어."

주한 형은 윤찬이의 말을 끊고 의자를 제자리로 돌리더니 가사가 적힌 종이에 신경질적으로 붉은 선을 그어 댔다.

아마 윤찬이 파트를 지워 버린 것 같았다.

"……형."

진성이가 놀란 눈으로 주한 형과 윤찬이를 번갈아 가며 봤다.

한 가지 잊고 있던 게 있다면, 지금 예민한 사람은 윤찬이와 고유준뿐이 아니라는 것이었다.

스케줄에 치여 무대 실수가 잦은 멤버와 예민함을 대놓고 표출하는 멤버, 그 사이에서 수환 형과 함께 애써 두 사람이 감정싸움을 하지 않도록 케어하며 그 와중 진성이 솔로곡, 캘리아 로렌스와의 미팅, 파트 분배까지 맡고 있는 멤버가 있었다.

바로 주한 형이었다.

다른 멤버들은 몰랐을 테지. 하지만 적어도 서브 리더인 나는 알고 있었다.

현재 시점에서 이 동네 예민 보스는 강주한이었다.

"주우, 한 형이 윤찬이 형한테 화내는 거 처음 봐……."

나도.

나도 처음 봐.

난 진성이가 안심할 수 있도록 고개를 끄덕여 주고 주한 형과 수환 형을 이끌어 녹음실 밖으로 이끌었다.

아무래도 이번 활동이 끝나면 다들, 휴식할 필요가 있을 것 같다.

───

"왜. 녹음하는 중이잖아. 현우야."

한숨을 쉬는 주한 형의 표정엔 나를 향한 짜증도 섞여 있었다.

"할 이야기 있으면 조금 있다가 이야기해. 지금 말고."

주한 형은 내 손을 쳐 내고 대답도 듣지 않은 채 녹음실로 돌아갔다. 굳이 화가 나는 감정을 진정시키고 싶지 않다는 표현이었다.

"······수환 형, 윤찬이 상태 좀 불안 불안해 보이던데요. 싸운 건 제가 숙소에서 어떻게든 해 볼 테니까 스케줄 조정 좀 부탁드려도 될까요?"

신인 가수에게 스케줄 조정을 부탁할 권한 따위는 없다.

거기다 이미 수환 형 재량으로 스케줄 조정이 되고 있는 상태고 그 결과 리허설 불참, 실수로 이어졌으니 더 쉽게 해 달라고 하는 것도 좀 면목 없는 말이기는 했다.

하지만 지금 우리는 쉬어야 하는 상황이 맞았다.

연습이 끝난 이후 매일 밤 모여서 서로에 대한 피드백과 불만을 주고받던 연습생 시절과는 달리 지금은 매일 스케줄,

잠, 스케줄, 잠만 반복하고 있었다.

서로 불만이 쌓여도 대화로 풀 시간조차 없다.

"계속 이렇게 가면 안 될 것 같아요. 모여서 이야기할 시간이 필요해요."

시간에 쫓기지 않고 서로에 대한 이야기를 나눌 시간이 필요했다.

그러자 수환 형은 고민도 없이 고개를 끄덕였다. 이미 생각하고 있었다는 표정이었다.

"다음 주 〈환상령〉 활동 종료하고 2주간 스케줄 전부 비워 뒀습니다. 현우 씨 〈뉴비공대〉, 윤찬 씨 드라마 촬영 일정 빼고요."

"……2주씩이나요?"

"신인한테 쉬는 날이 어디 있냐고 김 실장님과 소소한 말다툼이 있기는 했지만, 제가 이겼습니다."

수환 형이 힘없는 미소를 지어 보였다.

"지금 말해 봐야 희망 고문하는 느낌이라 말씀드리지 않았습니다. 말이 2주지 그 이후로도 약 3개월간 공식 스케줄은 없을 예정입니다. 컴백 준비 일정도 그 이후고요."

수환 형의 말을 들으며 드는 생각은 '도대체 왜?'였다.

크로노스는 지금까지 활동 종료와 동시에 다음 컴백을 준비하곤 했다.

쉴 틈 없이 얼굴을 내비치는 것이 마케팅이 적은 중소돌에게는 하나의 영업 방식으로 통했으니까.

그런데 무려 3개월 동안 스케줄을 비우는 걸 회사가 허락했다고?

김 실장님과 말다툼한 것이 이해가 되는 수준의 공백이었다. 이렇게 오래 쉬면 오히려 우리가 불안해지는데 수환 형은 왜 이런 선택을 했을까.

내가 말이 없자 수환 형은 내 생각을 알아차린 것처럼 고개를 끄덕이더니 집게손을 입술에 가져다 댔다.

"주한 씨한테 말하지 마시고 현우 씨만 알고 계세요. 또 주한 씨 성격에 부담 가지고 고민할까 봐 일부러 말하지 않고 있었습니다만."

"뭔데요?"

"곧 크로노스 첫 번째 콘서트를 개최할 예정입니다."

뭐?

"……헐."

"이렇게 인기 많은데 할 때가 됐죠. 크로노스 세계관 하나가 마무리되었으니 그걸 주제로 콘서트 플랜을 짜고 있는 중입니다."

그러니까 3개월 동안 그냥 쉬는 게 아니고 콘서트 준비를 겸해서 쉬는 것이라는 말이었다.

"콘서트를 준비해야 하는데 컴백 준비까지 어떻게 하냐고 콘서트랑 컴백을 병행하는 소속사가 있으면 팬들이 가만있지 않을 거라고 말했더니 김 실장님이 바로 대표님께 결재를 올리시더라고요."

또 소속사로 팩스, 메일 테러가 올까 사색이 되었을 김 실장님의 모습이 두 눈에 선하다.

점점 피곤에 찌들어 감정적으로 지쳐 가는 멤버들을 보며 수환 형도 많은 생각을 했던 모양이다.

"그러니까 다음 주까지만 버텨 주세요."

"……알겠어요. 콘서트 준비를 위한 3개월 휴식기라면 괜찮아요."

무턱대고 3개월 쉬는 것이 아니라서 진짜 다행이다. 이유 없이 휴식기에 들어가면 멤버들은 다른 쪽으로 또 예민해졌을 것이다.

"형, 정말 고맙습니다."

회사와 멤버들 사이에 껴서 스케줄 조정으로 고생했을 수환 형에게 심심한 위로를 전하며.

녹음실로 다시 걸음을 옮기려던 차에 수환 형이 말했다.

"콘서트 건은 다음 주 활동 종료 후 회의에서 말씀드리겠습니다. 그 전까진 주한 씨에게도 비밀로 해 주세요."

"당연하죠."

나는 다시 녹음실로 향하다 수환 형을 돌아보았다.

"근데 형은 이제 계속 저희랑 하는 거 맞죠?"

문득 떠올랐다. 그러고 보니 아직 수환 형이 우리 정식 매니저가 되었다는 이야기도 없고 영이 선생님의 매니저는 계속하고 있는지조차 알지 못했다.

불발되었는가.

태성 매니저님의 수습이 끝나는 순간 이대로 수환 형과 작별해야 하는 걸까.

어느 누가 우리를 위해 YMM의 주축이라고 할 수 있는 김실장님과 말다툼까지 해 가며 휴식기를 만들어 줄까.

조금의 불안함과 함께 묻자 수환 형은 놀란 표정을 짓더니 이내 작은 미소를 내보였다.

"그것도 다음 주에요."

조금의 미안함도 쓸쓸함도 없는 미소였다. 난 씨익 웃으며 함께 고개를 끄덕이고 녹음실로 돌아갔다.

돌아간 녹음실의 분위기는 말 그대로 엉망이었다.

진성이는 여전히 눈치를 보고 있었고 윤찬이는 고개를 팍숙인 채 가사지만 괴롭히는 중이었다.

주한 형은 가라앉은 표정으로 고유준의 목소리에만 집중하고 있었고 이 모든 상황을 지켜보던 도 PD님은 자신과 상관없는 일이라는 듯 고유준에게 충실하게 어드바이스만 주고 있었다.

내가 입술을 잘근거리며 멤버들에게서 조금 떨어져 앉자 진성이가 기다렸다는 듯이 다가와 내 곁에 앉았다.

"유준이 됐어. 이제 나와도 돼."

"어. 오케이."

고유준은 만족한 얼굴로 부스에서 나오다 확연히 얼어붙은 분위기를 보고 의아한 얼굴로 날 바라보았다.

'뭔데?'

눈빛으로 묻길래 난 주한 형을 가리킨 후 머리 위로 뿔 모양을 만들었다.

'주한 형 화남.'

그러자 고유준은 경악한 표정을 지으며 냉큼 다가와 진성이 옆에 붙어 앉았다.

그러곤 획획 주위를 둘러보더니 윤찬이를 발견하곤 또 나를 바라보았다.

'쟤는 왜 저럼?'

난 주한 형을 가리키고 윤찬이를 가리켰다.

'혼남.'

그러자 고유준이 '아아' 하고 입을 크게 벌리며 음소거 탄식을 하더니 고개를 끄덕이곤 입을 다물었다.

"다음은 현우가 들어갈 건데. 현우랑 진성이 잠시 이리 와 봐."

"응? 아, 응!"

진성이가 화들짝 놀라며 주한 형에게로 튀어 갔고 난 고유준에게 윤찬이에게 가 보라고 말없이 신호를 보낸 뒤 주한 형에게 다가갔다.

"여기는 원래 윤찬이 파트로 정해 뒀었는데 현우가 부르는 걸로 하고, 이 부분은 성이가 부를 거니까 미리 연습해."

"알았어."

주한 형이 신경질적으로 빨간 선을 그어 놓은 종이, 새로 나눈 파트엔 윤찬이 파트가 현저히 적었다.

현저히 적음을 넘어 거의 없었다. 딱 하나 있긴 했는데 부르는 사람도 별로 어렵지 않고 듣는 사람도 임팩트 없이 흘려 넘길 파트였다.

그러나 나도 진성이도 '형, 진짜 윤찬이 파트 뺄 거야?' 하는 멍청한 질문은 하지 않았다.

주한 형은 한번 놓친 기회를 다시 주는 사람은 아니다.

윤찬이가 이제 와서 다시 사과한다고 해도 사과는 받아 줄지언정 녹음은 이대로 진행될 것이다.

녹음은 그렇게 살얼음 같은 분위기 속에서 끝이 났다.

숙소로 향하는 동안 피곤할 게 자명한데도 불구, 멤버들 중 잠을 청하는 사람은 아무도 없었다.

아니 사실 눈치 보느라 잠이 오지 않았다.

"도착했습니다."

"고생하셨습니다."

"아이고, 수환 형 감사해요."

나와 고유준이 일부러 밝은 목소리로 인사를 해 보았지만 분위기는 당연히 달라지지 않았다.

주한 형은 오는 내내 휴대폰으로 캘리아 로렌스와 의견을 주고받다 수환 형에게만 '형, 수고하셨습니다.' 하고 꾸벅 인사를 하더니 곧바로 차에서 내렸다.

그래도 멤버들을 챙겨 올라가야 한다는 생각은 했는지 모두 내리는 걸 확인하고 함께 숙소로 올라가긴 했다.

모처럼 일찍 퇴근했는데 숙소가 이렇게 조용할 수가.

"야, 이거 뭔 상황인데? 나 아직 못 들었는데."

여전히 구체적인 상황을 모르는 고유준이 인상을 찌푸리며 작은 목소리로 물었다.

들어오자마자 방으로 들어간 주한 형.

주한 형 방 앞을 서성이며 한참 고민하다 결국 자신의 방으로 향한 윤찬이.

진성이는 거실 소파에 앉아 입술만 물어뜯고 있었다.

난 고유준을 방으로 들여보낸 후 대체적인 상황 설명을 해 주었다.

고유준은 어이없다는 표정으로 한숨을 푹 쉬더니 말했다.

"윤찬이가 잘못했네."

"야, 잘못이라고만은 못하지. 윤찬이 성격 알잖아. 부담에 져서 그런 거야."

"하긴 내 잘못도 있긴 있다. 내 잘못도 있기는 있네요~."

고유준은 심려 가득한 분위기를 해소시키듯 흥얼거리는 톤으로 말하더니 침대에서 일어나 방문을 열었다.

"사과하고 올게."

고유준이 진지한 얼굴로 한마디 툭 내뱉고는 윤찬이의 방으로 향했다.

"허."

내 친구지만 저 정도면 꽤 보살 같기도…….

본인도 감정 상한 게 있었으면서.

아마 사과하면서 윤찬이 기분도 풀어 주고 이야기도 들어보고 주한 형의 상황도 자연스럽게 말해 줄 것이다.

고유준은 연습생 시절부터 연습생끼리 다툼이 있을 때면 언제나 저렇게 행동했다.

난 주한 형의 방으로 향했다.

똑똑. 조심스레 노크하고 방문에 입을 가까이 했다.

"주한 형."

아무래도 주한 형이 가장 편하게 마음을 털어놓을 수 있는 건 나겠지.

저녁에는 주한 형의 화가 전혀 풀리지 않아 결국 윤찬이와의 화해는 하지 못했다.

고유준에게 듣기론 윤찬이도 다 자기 탓으로 돌리며 울기만 했다는 모양이라 두 사람이 마주했어도 화해는 하지 못했을 것이다.

그런 채로 다음 날이 되었다.

행사가 있는 저녁까지 시간이 비어 있었지만 역시나 오늘도 상황은 좋지 않았다.

대상이 주한 형과 윤찬이인 터라 나나 고유준처럼 싸운 후 자고 일어나면 모두 잊어버리는 그런 희망적인 일은 일어나지 않았다.

"윤찬이 오늘도 드라마 일정 있던가?"

내가 묻자 윤찬이는 화들짝 놀라며 고개를 저었다.

"아니요. 없어요."

왜 저렇게 눈치를 보지? 혹시 내가 주한 형 편에 서기라도 했다고 생각한 건가.

"잘됐다. 오랜만에 저녁까지 쉴 수 있겠네."

오늘은 저녁에 잡힌 행사 두 개 외엔 스케줄이 없었다.

일부러 살갑게 말했는데 윤찬이의 표정은 더욱 어두워졌다.

'아, 눈치 줬다고 생각했으려나.'

윤찬이가 고개를 저었다.

"오, 오랜만에 일정이 비어서 연습실에 가려고요."

"헤엑! 형 안 힘들어? 형 잠도 잘 못 잤잖아, 요즘."

"아, 아니야. 연습해야지. 나도 실수하기 싫어서……."

"오오, 그래? 그럼 나도 간다. 진성이도 따라와."

"콜."

고유준이 어색한 분위기를 완전히 뭉개 버리며 윤찬이와의 연습 일정을 함께했다.

정말 다행히 고유준이 방에서 나온 순간부터 열심히 진성이랑 떠들어 대고 있는 덕분에 그나마 뛰쳐나가고 싶을 정도의 정적은 사라지게 되었다.

식사가 끝나고 고유준이 슬쩍 나를 지나치며 속닥거렸다.

"우리가 연습실에 가 있는 사이에 주한 형이랑 말 잘해봐. 그래도 주한 형이 윤찬이 얼마나 아끼는데 아예 계속 이렇게 있을 생각은 아니겠지."

"어, 알겠어. 윤찬이 발성이 많이 무너졌던데 네가 좀 봐줘."

"물론이죠. 간다."

고유준은 주먹을 불끈 쥐어 올려 보이곤 사라졌다.

고유준, 이진성, 박윤찬이 사라진 숙소 안.

들리는 건 주한 형의 이어폰에서 새어 나오는 음악 소리뿐이었다.

"진짜 형 너무 철두철미한데? 나랑도 대화 안 할 거야?"

한번도 거실에 있을 때 이어폰 끼고 음악 들은 적 없으면서. 이어폰을 대화 단절 수단으로 사용하려는 게 뻔히 보였다.

그래도 내가 이렇게 가까이 앉아서 말을 하는데 들릴 것이다. 들리지 않으면 입 모양으로라도 내가 말을 걸고 있음을 알 것이다.

"형."

"……하아."

무시에도 굴하지 않고 계속 말을 걸자 주한 형이 한숨과 함께 이어폰을 귀에서 빼며 날 바라보았다.

"어차피 윤찬이랑 대화를 해 보라느니 뭐라느니 할 거잖아. 알아서 화해할 거니까 내 화가 풀릴 때까지 기다려."

"이미 화는 풀리셨는데 말 못 걸고 있는 거 아는데요."

작업하는 동안 밥을 수없이 거르는 그 주한 형이 식사 자리에 나온 것부터가 이미 화가 풀려서 윤찬이의 상태를 확인하려 했다는 뜻이다.

주한 형은 눈꺼풀을 내리깐 채 한참 동안 무언가를 생각하다 겨우 입을 열었다.

"내가 여기서 화해한다고 해서 윤찬이 행동이 달라지지는 않을 것 같거든."

"그건 그렇지."

"그냥 터놓고 대화를 나눠 보고 싶은데 여긴 멤버들도 너무 많고, 무엇보다 윤찬이가 솔직하게 감정을 말하는 애는 아니라서."

맞다. 윤찬이는 사람들의 눈치를 굉장히 많이 보는 친구다.

과거 멤버들이 크로노스가 아닌 일레이티드로 활동할 때, 윤찬이는 지금과 달리 활동 기간 동안 연기에 도전하지 않았었다.

그룹에 민폐가 될까 봐 연기를 하고 싶다는 생각을 말하지 못하고 결국 해체를 한 뒤 배우로 전향해 뒤늦게 빛을 보았었다.

자신이 진짜로 하고 싶은 것도 꾹 참고 멤버들에게 맞춰 주는 녀석이다 보니 지금 당장 주한 형과 독대를 한다고 해도 힘들다든가 하는 자신의 본심정을 솔직히 털어놓지는 못할 거다.

난 뒤로 널브러졌다.

"몰라. 둘이서 해결할 일이긴 해. 우리가 화해하라고 부추겨도 안 움직이는 사람들이잖아, 두 사람은."

"맞아. 그러니까 내버려-."

"둘 수는 없고. 그룹 분위기 너무 안 좋아지잖아."

"……."

"내가 형이랑 윤찬이 둘만 있는 시간을 만들어 볼 테니까 한번 대화라도 해 봐. 난 두 사람 이렇게는 못 둬."

일부러 날 노려보는 주한 형의 시선을 외면한 채 말하며 형이 들고 있는 이어폰의 한쪽을 가져갔다.

"캘리아 씨 녹음한 거 마음에 안 든대? 왜 계속 듣고 있어?"

"……좀 더 좋은 조합이 있을 거라고."

"갑자기 파트 바꿔서 그런가 보다. 왜 나한테 말 안 했어?"

"뭘?"

난 뻔뻔하게 말했다.

"서브 리더 됐다 뭐 해? 나 지금 할 일 아무것도 없어. 형이랑 윤찬이 화해시키는 것밖에는 할 거 없는데."

파트 변경이라든가 뭐든 문제가 있으면 같이 고민해도 좋을 텐데. 대충 그런 말이다.

결국 주한 형이 윤찬이한테 화를 낸 것도, 윤찬이 잘못도 있지만 주한 형의 스트레스가 극에 달했기 때문도 있지 않은가.

"파트, 같이 고민해 보자. 캘리아 씨한테 뭐라고 왔는지 구체적으로 말해 줘."

"……그래, 알겠어."

"근데 형, 나한테 줬던 파트, 난 아무리 들어도 윤찬이가 불러야 제대로 살릴 수 있을 것 같던데. 거긴 미성이 잘 어울려. 윤찬이 파트 주자고 하는 말이 아니라."

"알고 있어. 윤찬이한테 할 의지가 안 보여서 억지로 넘긴 거니까."

얼마나 화가 났으면 형답지 않게 충동적인 행동을 했을까.

난 멋쩍게 웃으며 녹음된 음악을 끝까지 들어 보았다. 대부분의 파트 분배는 잘 이루어졌지만 몇 군데 멤버들이 다른 목소리 다른 버전으로 불렀으면 더 잘하지 않았을까 하는 부분이 있었다.

주한 형이 나눈 파트는 주한 형의 취향에 맞춘 거고 캘리아 취향은 주한 형과 같은 듯 달랐다고 주한 형이 말했으니 그 부분을 조율하면 될 것이다.

주한 형이 퀭한 눈으로 날 빤히 바라보다 픽 웃었다.

"고맙다. 그래도 네가 있으니까 좀 낫네."

"도움이 돼서 다행이네. 그래도 내가 듣는 귀는 좋다고 확신하거든. 파트 나눌 때 내 의견도 의외로 들을 만할걸."

"솔직히 일이 너무 많아서 힘들었거든."

주한 형은 속 시원하게 솔직한 심정을 말하고 고개를 뒤로 눕혔다.

"아이고, 죽겠다. 그럼 현우 너도 한번 들어 보고 파트 재분배할 부분에 대해 의견 있으면 말해 줘. 캘리아가 보낸 메일도 보여 줄게."

"알겠어."

끼고 있던 이어폰을 빼고 이제 슬슬 자리를 뜨려 했다. 주한 형과 윤찬이에 대해 수환 형에게 보고를 올리기로 했기 때문이다.

슬그머니 거실을 나서려는 순간 주한 형이 물었다.

"근데 현우 너는 어떻게 생각해?"

"뭐가?"

"윤찬이 일 말이야."

아, 윤찬이의 무대 실수에 관한 이야기였다.

"그건 왜 물어봐?"

설마 같이 윤찬이 욕하자는 의미는 아닐 거고. 내가 고개를 갸웃거리자 주한 형은 눈을 껌뻑이다 무표정으로 말했다.

"너는 참고 있는 게 아닌가 걱정돼서."

고유준도 주한 형도 신경이 날카로워지고, 진성이도 윤찬이 상황을 생각해서 겨우 눈치만 보고 있는 마당에 나는 괜찮은지 물어보는 것이었다.

"아, 나. 나는 뭐 괜찮아."

살면서 화가 나는 일이 워낙 많았어야지.

상황상 어쩔 수 없는 일에 그렇게 쉽게 화가 나지는 않는다.

"물론 어제는 윤찬이한테 조금 실망하긴 했는데. 윤찬이 마음을 모르는 것도 아니고. 형도 그렇잖아."

내가 자리를 피함으로써 주한 형과의 대화는 마무리되었다.

-유준 : 우나? 윤찬이 우는 거 아님?

-ㅇㅇ

-진성 : 윤찬형 들어가자마자 울 것 같다고 해짜나

-유준 : 들어가자마자 사과부터 하는 거는 하지말라고했거든내가

-진성 : 윤찬형한테서 사과를 빼앗으면 뭐가 남어 형아

-유준 : 아 사과 먹고싶다

-진성 : 헐 나도 형 지금 사과들고 방에 갈까?

-헛소리할 거면

-나 단톡방 나가도 돼?

-유준 : 아니!!!!

-유준 : 이진성 헛소리금지

-진성 : 와진짜 형 너무 시름 헛소리는 형이 했자나

행사가 끝난 새벽.

수환 형은 내 부탁대로 오늘만은 연습 없이 곧바로 숙소로 데려다주었다.

주한 형은 한참 말이 없다가 숙소에 들어오고 나서야 조용히 윤찬이를 불렀고, 윤찬이는 주한 형에게 이름을 불리자마자 두 눈에 초롱초롱 물기를 단 채 형을 따랐다.

그럼 주한 형과 윤찬이를 뺀 나머지 셋은?

차마 티 나게 모여 웅성이지는 못하고 일단 각자의 방으로 흩어졌다.

그러곤 주한 형의 방과 가장 가까운 곳에 방이 있는 진성

이를 통해 상황을 중계받고 있었다.

일명 '크로노스 화해 상황 보고방'.

왜 이렇게 노잼이고 FM스러운 이름이냐 하면 이 방을 만든 사람이 다름 아닌 우리 이 실장님, 이수환 매니저 형이었기 때문이었다.

물론 잘 흘러가고 있진 않았다. 진성이 피셜로 옛날 숙소와는 달리 이 숙소의 방들은 방음이 너무 잘돼서 두 사람의 대화 소리가 잘 들리지 않았고, 무엇보다 고유준이 틈만 나면 헛소리를 해 대고 있었기 때문이다.

"하아."

이럴 거면 그냥 가만히 기다렸다가 두 사람의 대화가 끝나면 물어보는 게 낫지 않을까.

심각한 분위기와는 달리 신나게 올라가는 채팅창을 보며 고개를 저을 때였다.

-진성 : 형형 수환 형

-수환 : 네

-진성 : 대충 이야기 마무리된 거 가튼데욤

-진성 : 형들 나왔어여

진성이의 보고를 받고 일어나려던 차.

"야! 다들 나와!"

주한 형이 훌쩍이는 윤찬이를 옆에 매단 채 벌컥 방문을 열어젖히고 멤버 모두를 거실로 소환했다.

"진실 게임 할 거야!"

Chapter 14.
휴식기 (2)

"해!"

"모, 못 해요……."

"하라고!"

"저는 진짜 못 해요. 형……."

"왜 못 해! 왜 말을 못 하냐고! 왜 길에서 만난 아기강아지마냥 떨고 있는 건데!"

"저는, 저는 진짜 불만이……."

강주한은 정말이지 답답해 죽을 맛이었다.

원래 크로노스 동생들은 내성적이고 주변의 눈치를 과하게 많이 보는 아이들로 구성되어 있지만 그중에서도 박윤찬은 가장 그 정도가 심한 멤버였다.

워낙 소심한 멤버고 다른 멤버들과 비교해 연습생 기간 중 그렇게 접점이 많지 않았던 멤버다 보니 독대를 한다고 해도 처음부터 솔직하게 터놓고 대화할 수 있을 거라곤 생각하지 않았다.

'하지만 심해도 너무 심하잖아!'

기왕 이렇게 되었으니 그동안 힘들었던 거 불만이 있었던 거 부탁할 거 전부 다 말해 보라고 했다.

그랬더니 딱 봐도 힘들어 죽을 것 같은 얼굴을 하곤.

"힘든 거…… 전혀 없어요. 불만도……. 다들 너무 좋은 데……."

……라고 하는 거다.

차라리 고유준처럼 진지해질 새도 없이 장난질을 쳐 대는 게 낫지 오들오들 떨면 어떻게 해야 할지 모르겠다.

강주한은 영악함 하나 없이 순수하게 여린 사람에게 매우 약했다.

'차라리 내가 사과하고 말까.'

아니다. 그날의 그 일은 무턱대고 사과할 일은 아니었다. 강주한이 생각하기에 자신은 무조건 사과를 할 정도로 잘못한 적은 없었고 져 주는 척 사과를 한다고 해도 박윤찬에게 는 오히려 역효과일 것이다.

가볍게 자신의 화를 어루만져 주던 서현우가 몹시 그리운 순간이었다.

"……."

"……흐윽."

"뚝! 아, 제발."

강주한은 지친 채 침대에 털썩 앉으며 울음을 참으려 애쓰는 박윤찬을 바라보았다.

"……혼내려는 게 아니고 서로 대화하고 싶어서 부른 거였어."

"……."

"상황이 이러니 속상하겠지. 눈물 나겠지. 근데 울기만 하면 우린 언제 솔직해지겠어. 안 그래, 윤찬아?"

강주한이 박윤찬의 눈물을 닦아 주며 자상히 물었다.

울고 사과하는 건 언제나의 박윤찬과 같았다. 강주한이 알고 싶은 건 박윤찬의 인내심 밑에 숨어 있는 속마음이었다.

박윤찬의 고개가 숙여졌다. 울어서 될 문제가 아니라는 건 자신도 알고 있었다.

박윤찬 자신도 이런 일이 있으면 겁부터 먹고 보는 스스로가 너무나 싫었다.

어떻게든 힘든 점을 함께 나누려는 멤버들의 애정은 너무 고맙지만 그럼에도 박윤찬의 자신의 힘든 점을 쉽사리 말할 수 없었다.

"저뿐만 아니고 다들 힘들고 불만이 있어도 참고 있을 텐데 혼자 징징거리고 싶지 않아요."

"……."

순간 강주한의 머리에 수만 가지의 욕설이 스쳐 지나갔다.

아니 제발 그냥 말해 주면 안 돼? 정말 울고 싶은 건 강주한이었다. 그냥 리더로서 멤버의 불만 사항을 듣고 싶은 것뿐인데, 이게 이렇게 힘든 일이었던가.

"나 혹시 리더 자질이 없나……."

강주한은 해탈한 중얼거림을 내뱉으며 벌떡 일어났다.

"박윤찬, 따라와."

그러곤 박윤찬의 손을 잡고 벌컥- 방문을 열어젖혔다.

"야! 다들 나와! 진실 게임 할 거야!"

다른 멤버도 참고 있는데 어떻게 힘든 소리를 하겠냐고? 그럼 다른 멤버들도 참지 않으면 되는 거 아니겠나.

촤르륵-.

어두운 방 안에 불빛이 일렁였다.

굳이 형광등 불을 끄고 촛불을 켠 주한 형이 엄숙한 표정으로 말했다.

"불을 밝혔습니다. 여러분, 오늘 밤 우리가 하나 되며 즐거웠던 마음도 지금 이 시간만큼은 잠시 진정시키고 나 자신의 속마음을 들여다보는 시간을 가지면 어떨까요."

"……주한 형, 뭐 하는 거야?"

"쉿, 조용히 해. 주한 형 분위기 잡아야 해."

난 고유준의 옆구리를 찌르며 입을 다물게 했다. 고유준은 어이없어하면서도 '뭘 하려고 저러나 보자.'라며 잠자코 주한 형에게 동조해 자신의 초에도 불을 옮겨 붙였다.

"크로노스가 숨도 못 쉬고 달려온 지 1년. 참 많은 일들이 있었죠. 경연 프로그램에서 1위도 하고 데뷔도 하고, 음악 방송 1위, 첫 팬 미팅, 미국에서의 촬영."

"그렇습니다, 대장님."

의외로 주한 형의 상황극에 가장 적응을 잘한 것은 진성이었다. 진성이는 충심 가득한 눈빛으로 고개를 끄덕이며 주한 형의 말에 맞장구쳐 줬다.

"그러는 동안 크로노스는 차근차근 한 계단씩 밟아 올라가며 성장했지만 정작 우리 멤버들의 마음은 서로 어루만져 주지 못했었습니다."

스트레스가 뭐라고 사람을 저 지경으로 만들어 놓았을까.

난 흔들리는 촛불에 비친 주한 형의 해탈한 표정을 보며 안쓰러움을 느꼈다.

어지간히 윤찬이와의 대화가 안 풀렸구나 싶었다.

"이 시간, 우리 크로노스는 가족으로서 서로의 속마음을 들여다보는 시간을 가지는 건 어떨까요?"

"아, 강주한과 친구 하고 싶- 아악!!"

고유준이 까불다 주한 형에게 등짝 스매싱을 당했다. 고유준은 아프다며 투덜거렸지만 주한 형은 굴하지 않고 이 이상한 촛불 의식을 계속했다.

"항상 우리를 위해 애쓰시는 부모님을 생각해 봅니다."

"어, 엄마……."

"언제나 내가 탈 없이 잘 지내기만을 바라는 나의 어머니, 아버지를 떠올려 봅니다. 내 새끼 밥은 잘 챙겨 먹고 다니는지! 늘 걱정하며 눈물지으실 나의 부모님!"

"보고 싶어……. 그러고 보니 연락 안 한 지 오래됐어어……."

이진성 쟤는 아까부터 왜 저렇게 과몰입을 하는 거야.

"부모님께서는 분명 나의 아들이 우리 크로노스 멤버들과 무척 단란하게, 다툼 없이 잘 지내기를 바라고 계시겠지요?"

"……아아."

그런 거였구나.

주한 형은 이 기회에 아예 멤버 모두의 불평, 불만, 오해 등을 깡그리 털고 갈 생각인 모양이었다.

"아, 그래서 진실 게임?"

고유준도 나와 비슷한 타이밍에 의도를 알아차린 모양이고. 주한 형은 나와 고유준을 힐끔 보더니 고개를 끄덕이며

다시한번
아이돌

말을 이었다.

"그런 의미로 지금부터 내가 누구에게 바라는 것이 있다거나 혹은 내가 이래서 힘들었다거나 등등 멤버들에게 하고 싶은 말을 솔직히 털어놓는 시간을 가져 볼까 합니다."

"자, 다들 박수."

"와, 와아."

난 서둘러 멤버들이 박수를 보내도록 호응하며 '난 하기 싫다.'라든가 하는 목소리를 죽여 버렸다.

여기서 목표는 윤찬이가 속마음을 털어놓도록 만드는 것인데 가장 싫다고 잡아뗄 사람이 윤찬이였기 때문이다.

주한 형은 만족한 듯 고개를 끄덕였다.

"좋아. 그럼 먼저, 진실 게임을 시작하기 전에! 해야 할 일이 있어."

"해야 할 일?"

주한 형이 벌떡 일어나 부엌으로 향했다. 그러곤 냉장고 문을 열더니 무언가를 꺼냈다.

촛불에 의지하고 있던 터라 어두컴컴해서 잘 보이지 않았지만 눈을 살짝 찡그리자 곧 실루엣으로 저게 무엇인지 알 수 있었다.

"술?"

딱 봐도 초록 병. 소주였다.

술도 못 마시는 양반이 저건 왜…….

주한 형은 수환 형이 절대 마시지 말라는 의미로 선반 가장 윗칸에 올려 둔 소주잔까지 착실하게 챙겨 이곳으로 다가왔다.

타악!

그리고 내 앞에 가져다 놨다.

"자, 현우."

"나? 왜? 이거?"

난 소주와 소주잔, 그리고 나를 가리켰다.

'이거 나 마시라고?'라는 눈빛으로 묻자 주한 형은 멀뚱멀뚱하게 눈썹을 까딱이며 고개를 끄덕였다.

"나만 마시라고?"

난 비교적 멤버들보다 뒤로 물러나 있는 수환 형을 바라보았다. 그러자 수환 형은 말없이 그러라며 고개를 끄덕였다.

"왜 나만?"

"윤찬이만 진실 게임이 아니고 다 같이 진실 게임인데 서현우 너도 은근 힘든 걸 숨기려는 경향이 있는 것 같아서."

"다들 술 못하시니까 진실 게임에 도움이 될 만한 현우씨에게만 술을 드시는 걸 허락하겠습니다. 현우 씨도 한 잔만 드세요."

"저는 술 마시면 자는데요."

내 말에 수환 형이 날 빤히 바라보았다. 왜? 뭐? 내가 영문을 묻는 표정을 지었으나 수환 형은 생각이 참 많아 보이는 표정으로 날 바라보다 고개를 저었다.

"아닙니다."

뭔가 말을 피하는 것 같은 기색이었는데……. 혹시 나 저번에 술 취해서 무슨 말 했나?

그 순간 스쳐 가는 나의 수많은 과거사와 함께 갑자기 등골이 오싹해졌지만 애써 모르는 척하며 나도 고개를 돌려 보았다.

내 손에는 어느샌가 술이 가득 담긴 술잔이 쥐여 있었다.

"한잔해."

주한 형이 씨익 웃으며 말했다.

그래, 뭐, 한 잔 가지고는 안 취하니까.

난 손안에서 술잔을 굴리다 한입에 털어 넣었다. 목구멍으로 빠르게 넘어가는 쓰고 뜨거운 술맛을 느끼며 소주잔을 내려놓았다.

주한 형이 제시한 진실 게임은 간단했다.

1. 한 명이 누군가를 지목하고 서로 솔직하게 대화한다.

2. 대화가 끝난 후 지목당한 사람이 또 다른 누군가를 지목한다.

3. 똑같은 상대는 지목할 수 없으며 멤버 모두가 자신을 제외한 네 명을 모두 지목할 때까지 게임은 끝나지 않는다.

4.멤버 모두와 대화가 끝난 뒤 마지막 턴에 자신에 대한

이야기를 한다.

설명을 모두 끝낸 주한 형이 멤버들을 둘러보며 말했다.
"자, 그럼 진실 게임 시작한다. 먼저 나부터."
주한 형은 고유준을 가리켰다.

역시 긴장된 분위기부터 풀려고 하는 거구나.
주한 형이 고유준을 가리키는 순간 긴장감이 탁 풀리는 듯
했다.
'보나 마나 입 좀 다물고 있으라든가 장난 좀 작작 치라든
가 하겠지.'
그럼 고유준은 또 웃음을 흘리면서 '싫은데?'와 같은 장난
을 쳐 댈 것이다.
그러니 주한 형이 고유준을 가리켰다는 뜻은 진지할 생각
은 없다는 것으로 느껴졌다.
그렇게 느끼는 건 다른 멤버들도 마찬가지였는지 윤찬이
의 표정도 한층 풀렸다.
하지만 주한 형의 입에서 나온 말은 예상외의 말이었다.
"형은 유준이한테 항상 고마워하고 있거든. 너도 늘 즐거
운 일만 있는 건 아닌데 늘 밝게 멤버들을 챙겨 주고 하는 거

안다."

"……뭐."

덕분에 장난칠 생각으로 가득하던 고유준이 도리어 민망한지 주한 형의 시선을 피했다.

"가볍게 지내는 것 같아도 굉장히 어른스럽고 배려심 있고 생각 많고-."

……저 형 왜 저래?

주한 형을 알고 지낸 지 어느덧 9년.

주한 형을 고유준을 동생으로 굉장히 아끼긴 했지만 고유준에게 대놓고 진지한 칭찬을 늘어놓는 건 처음 봤다.

그도 그럴 게 예전부터 고유준은 주한 형이 진지한 꼴을 못 봤고, 주한 형은 그런 고유준에게 늘 화를 내거나 물리적으로 제압했기 때문이다.

"주한 형도 술 마셨나?"

진성이가 나에게만 들리도록 귓가에 속삭였다. 진지하게 궁금해하는 것 같아서 나도 모르겠지만 그런 것 같다며 고개를 끄덕여 주었다.

"어쩐지. 그게 아니고서야 두 사람 사이에 저렇게 훈훈한 분위기가 나올 리 없는데."

진성이는 납득하고 나에게 기울였던 몸을 바로 했다. 그러자 뒤에서 지켜보던 수한 형이 술을 마시진 않았다며 잘못된 정보를 정정해 주었다.

그러자 진성이는 재차 충격받은 표정을 지은 채 떨리는 눈동자로 주한 형을 쳐다보았다.

그러든가 말든가 혼란스러워하는 멤버들을 못 본 척 계속 칭찬을 이어 가던 주한 형이 잠시 말을 멈췄다.

그리고 뻘쭘해하는 고유준에게 다시 입을 열었다.

"그런데. 너는 이렇게 다 좋은 앤데-."

"아니 난 별로 한 것도 없-."

"그렇게 형이 말하는 거 끊어 먹는 것 좀 고쳐 줬으면 좋겠거든."

"······엉?"

"특히 일 관련해서 말할 때. 그리고 하나 더 말하고 싶은 게 있는데, 유준이 네가 친구가 많은 건 좋아. 그런데 연습하거나 스케줄을 소화하고 있을 때 휴대폰 만지고 있는 것도 좀 고쳐 줬으면 좋겠어."

머쓱하기만 했던 고유준의 눈동자가 흔치 않게 당황스러움을 드러냈다.

최근 아이돌 대표 인싸로 불리는 녀석답게 평소 많은 친구들과 메신저를 주고받는 고유준인데, 아무래도 휴대폰 금지가 풀린 이후 그 정도가 심해진 경향이 없지 않아 있었다.

물론 개인 시간에 휴대폰을 만지는 거야 전혀 상관없지만 간혹 연습, 리허설 후 대기실에서의 회의 때도 자제 못 하는 경우가 생겼다.

다시한번
아이돌

그래서 가끔 가볍게 '휴대폰 내려.'라고 말하든가 말없이 고유준의 휴대폰을 뺏어 내려놓는 등 옅게 지적하고 말았는데, 이번 기회에 확실히 말하고 넘어가려는 모양이었다.

"아, 그렇구나. 내가 그랬어? 미안, 앞으로 조심할게. 스케줄 할 때는 휴대폰 꺼 놓을게."

고유준은 스스럼없이 나오는 자신에 대한 컴플레인에 당황하면서도 수긍하고 반성했다.

"그래, 너는 한번 말하면 잘 고치니까. 이제 형은 끝났어."

솔직한 고마움을 건네면서도 고칠 점은 눈치 안 보고 확실히 말하는 아주 적절한 조언이었다.

"유준이 차례."

주한 형의 말에 고유준은 멤버들을 둘러보았다. 오늘의 고유준이면 당연히 윤찬이려나.

"난 윤찬이."

그럴 줄 알았다. 주한 형이 윤찬이에게 화를 내기 전엔 고유준도 장난 아니게 불만이 쌓인 상태였었지.

그때 윤찬이가 많이 불안해 보인다는 말에 고유준은 적당히 스스로와 타협해서 윤찬이에게 사과해 버리고 끝냈었다.

하지만 그런다고 고유준의 불만이 사라졌겠는가. 그냥 저녀석 성격에 그룹 분위기가 험해지는 게 싫어서 넘어간 거지.

그런데 사실 이런 불만이 계속 쌓이면 좀 위험하다.

서로를 배려한다고 속에 품고 있는 불만을 그대로 썩이고 있다가 나중에 해체로 이어지는 경우가 많으니.

　　"네, 네! 형, 말씀하세요."

　　윤찬이는 이미 각오하고 있었는지 비장한 눈으로 고유준을 바라보았다.

　　최근 멤버들이 자신에게 불만이 많다는 걸 스스로도 느끼는 만큼 이 상황이 무서워도 응당 마주해야만 한다는 걸 알고 있는 모습이었다.

　　"흐음."

　　고유준은 입을 다문 채 한숨을 푹 쉬곤 미소 지었다.

　　"네가 열심히 하는 건 나도 알고 있거든. 네 나름 피해 안 끼치려고 애쓰지만 그럼에도 버거운 건 이해해. 근데 그래도 리허설엔 참여해 줬으면 좋겠어."

　　"⋯⋯아."

　　윤찬이의 표정이 시무룩해졌다.

　　"차라리 새벽에 혼자 연습하는 시간을 줄이고 그 시간에 잠을 자는 건 어때?"

　　"연습은⋯⋯. 아, 계속 말씀하세요⋯⋯."

　　"너 무대에서 실수가 되게 잦아진 거, 사실 리허설 참가만 해도 확실히 줄일 수 있었을 텐데 하는 것들이 많았거든."

　　고유준이 그렇게 말한 뒤 수환 형을 바라보았다.

　　"이건 수환 형한테도 부탁드리는 거예요. 저는 정말, 무대에서 실수하는 크로노스를 보기가 괴롭거든요, 형."

고유준이 이렇게 심각하고 노골적으로 자신의 불만을 표현하다니.

확실히 멤버 모두 진실 게임이라는 상황의 특이성이 있으니 평소보다 솔직하게 감정을 드러낼 수 있게 된 모양이다.

수환 형은 바로 고개를 끄덕였다.

"알겠습니다. 리허설은 꼭 빠지지 않도록 신경 쓰겠습니다."

"저도 실수하지 않도록 더 많이 신경 쓸게요. 이번 기회에 모두한테 사과하고 싶어요."

"어어어~ 고개 숙이고 그런 거 하지 마라. 형은 그런 꼴 못 본다."

고유준이 윤찬이가 고개를 숙이지 못하도록 손으로 어깨를 고정시킨 채 깔깔 웃었다. 그러곤 다시 진지한 톤으로 말했다.

"나는 다만 그거지. 드라마는 네가 하겠다고 결정한 거고 윤찬이 너도 훨씬 바빠질 거 예상했을 거잖아."

"네, 물론⋯⋯."

"그럼 너도 수환 형이랑 따로 상의를 해서라도 그룹에 도움이 되는 쪽으로 일정 조정을 해 줬으면 좋지 않았을까 해. 너도 이제 하라는 대로 해야 하는 연습생은 아니니까."

진성이가 내 옆구리를 꾹꾹 찔렀다.

"유준이 형 오늘 되게 진지하다. 그치?"

"응."

"저 형도 진지하면 참 멋지고 잘생긴 형인데."

"응."

"어이, 거기 이진성, 나 다 들린다."

고유준이 벌떡 일어나 이진성에게 다가오더니 헤드록을 걸어 댔다.

내 바로 옆에서 제일 덩치 큰 두 사람이 레슬링을 하고 있느니 고래 싸움에 새우 등 터지듯 내 몸도 마구 흔들려 댔다.

덕분에 적당한 기세로 술기운이 오르던 몸에 훨씬 빠르게 열기가 도는 느낌이었다.

"아, 좀 가만히 있어, 이 자식들아. 아니면 나 윤찬이 옆으로 갈래."

"아악! 이거 유준 형 때문이거든? 와, 현우 형 나 버리는 거 봐."

난 기어서 윤찬이 옆으로 자리를 피했고, 고유준은 진성이의 옆자리에 앉게 되었다.

한참 설치던 고유준은 이내 잠잠해지더니 어깨를 으쓱이며 씨익 웃었다.

"난 끝. 이제 없어."

"그럼 윤찬이."

"저는……."

윤찬이는 지목 상대를 구하는 데 한참이나 걸렸다. 주한 형, 고유준, 진성이를 한 번씩 힐끔거리더니 힘들게 손을 올려 그나마 편한 진성이를 가리켰다.

"진성이……."

"응 나일 줄 알았지. 뭔데?"

윤찬이는 진성이에게 언제나 춤 연습을 도와주고 최근 여러모로 화난 게 많았을 텐데 오히려 위로해 줘서 고맙다며, 다만 스태프들에게 과한 투정—예를 들면 염색— 등을 그만 둬 줬으면 좋다고 말했다.

진성이는 배신감이라도 느끼는 표정으로 '귀엽다며……!'라고 외쳤으나 금방 좀 더 성숙해지겠다고 반성했다.

진성이는 주한 형, 주한 형은 나를 지목하며 언제든 의지하고 있고 기대만큼 잘해 줘서 고맙지만 행사에서 토크 참여에 좀 더 적극적이었으면 한다고 말했다.

그렇게 몇 번의 턴을 반복하는 동안 갈수록 올라오는 취기에 난 술기운과 정면으로 맞서기 시작했고 급기야 슬슬 잠이 오기 시작했다.

"서현우 취한 거 아니지?"

"안 취했어."

내 말에 진성이가 날 빤히 바라보더니 근엄한 표정으로 고개를 끄덕였다.

"현우 형 아직은 안 취했나 봐. 이 형은 취하면 '응……

응…….' 이것만 하거든."

주한 형은 진성이의 말에 공감하며 말없이 술잔에 다시 술을 따라 주었다.

난 영 못마땅한 표정으로 술잔을 반만 비우고 다시 내려놓았다.

"더 마시면 진짜 취하니까 권하지 마."

그러자 고유준이 고개를 저으며 내 어깨에 손을 둘렀다.

"아냐 아냐. 얘가 지금도 아예 안 취했을 리는 없고-."

"안 취했다고. 윤찬이 말 좀 듣자, 인마."

마침 지금 윤찬이 턴이 돌아온 차였다.

"네가 자꾸 윤찬이 말을 가로채니까 어? 윤찬이가 매번 하고 싶은 말을 못하는 거 아냐!"

"아, 형들 둘 다 쉿쉿! 자, 윤찬이 형."

진성이가 우리 둘의 입을 손으로 막았고 윤찬이는 끝까지 주저하다 고유준을 지목했다.

"유준이 형, 매일 아침 같이 조깅하면서 좋은 말 많이 해 주셔서 감사해요."

"고마우면 윤찬이도 형들한테 말 놓고 편하게 부를 생각 없느냐. 비즈니스 친목 아니냐고 우리 사이를 오해해서 형아가 많이 슬퍼."

이때쯤부터 난 슬슬 물을 찾아 댔던 것 같다. 솔직히 좀 졸리기 시작했다. 그렇게 또 몇 번의 턴이 지나갔다.

그리고 이번 턴은 진성이. 진성이는 날 지목했다. 난 풀렸던 눈에 바짝 힘을 주고 진성이의 말에 경청하겠다는 자세를 취해 보였다.

"형 좀 취한 거 같은데. 얼굴 빨개, 완전."

"응, 근데 적당해. 말해."

"응, 있잖아."

진성이는 좀 부끄러운 듯 입술을 좌로 우로 몇 번이나 삐죽이다가 툭 말했다.

"나는 형을 진짜 존경해."

"……갑자기?"

"연습생 때는 그냥 연습생 오래 한 형 정도였는데 지금은 솔직히 좀 멋있다고 생각해."

난 태연한 척 일단 고개만 끄덕이고 경청했지만 사실 상상 이상의 오그라듦에 상당히 경악하고 있었다.

차라리 부끄러워하지라도 말지. 부끄러워하면서 말하면 나보고 어쩌란 말인가.

아, 그 와중에도 졸려 죽겠네.

"무대에서의 표현력이나 몸 이용하는 기술도 그렇고. 분위기가 쩌니까 솔직히 따라 해 보려고 한 적도 있는데 내 스타일은 그게 아니니깐……. 아무튼."

"으응."

존경한다는 말에 할 수 있는 말이 뭐가 있겠나. 그냥 '고맙다'뿐이지.

그래서 표본적인 대답을 꺼내 놓았는데 고유준은 그걸 또 부끄러워한다고 말했다.

……근데 내가 방금 고맙다고 입 밖으로 제대로 말했던 가?

"또, 또, 어……. 형이 늘 멤버들 힘들 때마다 자상하게 상담도 해 주고 위로해 줘서 정말로 도움 많이 됐고 또, 어…… 늘 고맙게 생각해요."

……딱히 부끄럽지 않았는데 이렇게까지 띄워 주면 역시 안 부끄러워질 수 없다.

"응……."

고유준이 제 팔을 쓸며 몸을 떨었다.

"쟤 무슨 단점을 말하려고 이렇게까지 빌드업 하는 거야? 보는 사람까지 민망하게."

그러자 진성이는 잠시 말을 멈췄다가 비장한 눈빛만큼 단호하게 물었다.

"그런데 정작 그런 현우 형은 우리한테 숨기는 게 있는 것 아닌지."

진성이의 말에 수환 형 포함 멤버 모두의 시선이 일제히 나에게로 향했다.

"나 정말 많이 고민하고 묻는 거야. 형, 많이 걱정돼."

"……응."

"도대체 뭘 숨기고 있는 거야?"

"……하아."

또 딱히 꺼내고 싶지 않은 주제가 갑자기 튀어나왔다.

갑자기 훅 끼쳐 오는 짜증스러움에 남은 반잔의 소주를 들이켰다.

"어어, 야! 미친."

고유준이 황급히 내 손의 소주잔을 채 갔지만 잔은 이미 비워진 후였다.

말하려고 할 때마다 더욱 철저히 진실을 감춰야만 한다는 걸 비참하리만치 깨닫게 되었다.

그래서 지금까지 상담도 피하고 있었는데.

난 또 한숨을 깊이 내쉬며 떨어지지 않는 입을 겨우 열었다.

"……나는……."

—————.

두 번째 조건 [극복하라]

상태 : 진행 중(50% → 70% NEW!)

-아직 계약자의 회귀 조건이 성립되지 않았습니다. 계약자의 적용 과정이 완료될 때까지 통합은 완전히 이루어지지 않습니다.

-제한 시간이 있는 조건입니다(남은 기한 : 150일).

-특이 사항 : 기억상실

Chapter 14.

휴식기 (3)

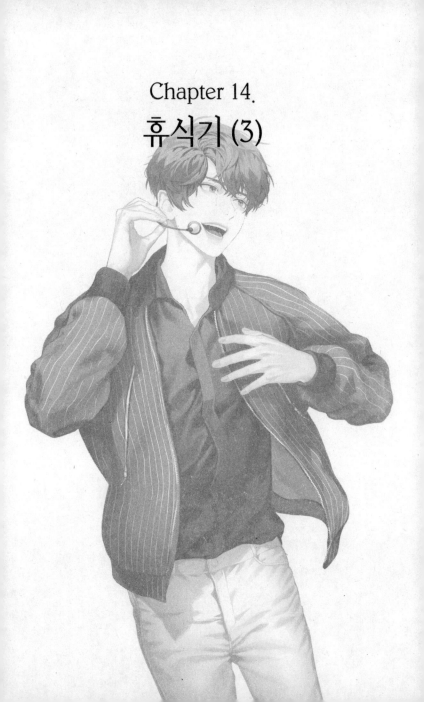

"내가 다시 한번 살 수 있다면."

인이어에 익숙해진 터라 확실히 알 수 있었다.

지금 분노에 차서 소리치는 목소리는 다름 아닌 내 목소리였다. 그와 동시에 이건 꿈이라는 걸 깨달았다.

"절대 같은 삶을 살지 않아."

이곳이 어디인지, 난 누구에게 저토록 분노를 토해 내고 있는지 잘 모르겠다. 그리고 별로 신경 쓰이지도 않았다.

내 시선이 줄곧 향하고 있던 곳은 여전히 화상 흉터가 남은 또 하나의 나뿐이었으니까.

다른 건 몰라도 과거의 내가 꿈속에 튀어나온 이상 이건 틀림없이 악몽이었다.

난 꿈인 것을 알고도 몸을 자유자재로 움직일 수 없었다. 움직여지지 않았다. 이번 꿈은 그저 나에게 가만히 상황을 지켜보고만 있으라고 말하고 있었다.

"억울하다고. 왜 하필 나였냐고. 내가 뭘 잘못했는데 도대체!"

무너져 내린 채 꺽꺽 울고 있는 과거의 나는 도대체 무엇에게 저렇게 열심히 말을 거는 걸까.

이제야 궁금증이 일었지만 꿈이기 때문인지 그다지 강하지는 않은 호기심에 알고자 하는 의욕은 없었다.

그때였다.

바닥에 엎어진 채 울던 내가 고개를 들어 허공을 바라보았다. 그리고 말했다.

"알았어. 계약해."

그 순간 강한 바람이 휘몰아치며 무한한 바닥으로 추락하기 시작했다.

나 이외엔 아무것도 없는 공간에 형체도 없는 무언가가 큰 입술로 웃고 있었다.

–네 불행과 열등감은 썩 좋은 여흥거리였지.

나를 보며 그렇게 말했다.

"흐어억!"

온몸을 경련하며 일어났다. 그러자 하필 내 머리맡에 있던 수환 형과 주한 형이 놀란 눈으로 날 바라보다 피식거리며 비웃었다.

"방금 뭐냐? 추락하는 꿈이라도 꿨어?"

"……와, 바닥도 없이 추락하더라. 키 크려고 그러나."

"거기서 더 클려고?"

주한 형이 키득거리며 수환 형과 함께 방문으로 향했다.

"깨우려고 들어왔다. 일어나서 씻고 나와."

"응."

"스케줄까지는 여유 있으니까 아침 드시고 갈 수 있을 겁니다."

"네."

두 사람이 방에서 나가고 난 천천히 침대에서 내려왔다.

"와, 진짜."

상당히 비현실적인 악몽을 꿨다. 무슨 내용인지도 이해 못할 그런.

기분이 매우 찝찝해 인상을 구겼다 펴며 거울을 바라보니 미친, 내 몰골이 오열하고 잔 다음 날만큼 엉망진창이었다.

얼굴을 확인하니 그제야 어젯밤의 일이 떠올랐다.

'어느 순간부터 기억이 없어.'

어디서부터?

술 한잔 마신 뒤 적당히 취기가 올라온 상태로 진실 게임을 한참이나 진행하다가 그 이후 주한 형에 의해 반잔 정도 더 했다.

술을 마신 이후 천천히 취하고 있는 것 같다고 느꼈는데 그 이후 듣고 싶지 않은 질문을 받고 나머지 반잔을 입에 털어 넣었었다.

무언가 말을 해도 뜬금없이 그런 자리에서 말하고 싶지는 않다고 생각해서 대충 돌려 말하려 했던 것 같은데…….

그 이후의 기억이 없다.

"쯧."

그대로 잠든 건지 필름이 끊긴 건지는 모르겠지만 필름이 끊긴 채로 헛소리라도 했으면 큰일이다.

난 몇 년째 내 주량이 세 잔 반 정도라고 생각했는데 최근 피곤해서 더 연약해진 걸까.

그래도 아까 수환 형이나 주한 형의 표정을 보면 이상한 말을 꺼내거나 하지는 않은 것 같은데.

사실 확신할 순 없다.

"야, 너 왜 안 나오냐는데? 주한 형이."

고유준이 문을 벌컥 열고 들어와 젖은 머리를 수건으로 털며 물었다.

"고유준."

난 고유준을 빠르게 방으로 들이고 문을 닫았다.

"뭐. 나 배고픈데. 수환 형이 찌개 사 왔음."

"나 어제 어떻게 잠들었는지 알아?"

"너?"

고유준은 허공으로 눈을 굴리더니 어깨를 으쓱였다.

"그냥 네가 소파에 기어 올라가서 자던데. 고마워해라, 인마. 이제 룸메도 아닌데 내가 옮겼다. 주한 형이 시켜서."

고유준의 말을 들어 보아 기억이 없는 곳부터 잠이 들었던 건 아닌 모양이고 필름이 끊긴 모양이다.

"나 어제 뭐……."

뭐 말하고 잤냐고 물어보면 역으로 수상해 보이려나.

입을 다물고 잠시 고민하는 틈에 고유준이 빤히 나를 쳐다보다 물었다.

"너 어디까지 기억나냐?"

"……다 기억나는데?"

내가 말하자 고유준은 픽 나를 비웃으며 손가락질했다.

"표정 봐라. 딱 봐도 기억 안 나는 표정인데. 이야~ 어떻게 달랑 그거 마시고 필름까지 나가냐? 넌 절대 멤버 이외의 사람이랑 술 마시지 마라."

"나 뭔 말 했냐? 뭐 말할 거 없었는데."

"……말할 게 없는데 왜 불안한 표정인데?"

"......."

다시 바라본 고유준은 장난스레 웃고 있지 않았다. 오히려 추궁하듯 더없이 진지한 눈으로 날 보고 있었다.

장난인가? 장난일지도. 보통 이때쯤 장난쳤었나?

그 모습을 보는 순간 머릿속이 차갑게 비어 가는 기분을 느꼈다. 그러나 티를 내지 않고 태연한 척 웃으며 받아쳤다.

"전혀. 많이 마신 것도 아닌데 뭘 불안하긴."

그러자 고유준은 코웃음 치며 고개를 끄덕였다.

"사실 맞아. 별말 안 함. 근데 진실 게임이랑 상관없는 말만 해서 주한 형한테 혼나긴 했음. 너."

"아, 근데 왜 분위기 잡고 난리야? 짜증 나게."

필요 이상으로 낄낄대지 않는 걸 보니 장난은 아닌 것 같고, 그럼 됐다. 별말 안 했으면 멤버들과 있으며 술을 마셔도 걱정할 건 없으니까.

혹시 모르니 나중에 진성이나 윤찬이한테도 한번 물어보고.

"밥이나 먹으러 나와. 해장하래. 뭐, 딱 두 잔 마시고 무슨 해장이 필요한가 싶긴 한데요~ 하학학학!"

고유준은 깔깔거리더니 자기가 사용한 젖은 수건을 내 어깨에 걸쳐 두곤 사라졌다.

그 이후 난 기회를 봐서 진성이와 윤찬이에게 그 당시의 상황을 물었다.

두 녀석의 말을 들어 보니 그럭저럭 기억에 없는 구간에도 큰 문제는 없었다는 듯하다.

"형 지목하랬더니 계속 '난 계속 너희들이랑 같이 하고 싶었단 말이야.'만 반복하던데?"

"내가?"

"지금 같이 하고 있는데 뭘 또 같이 하냐고 주한 형이 성질내니까 또 '나도 같이 하고 싶어.' 막 그랬어."

실수라면 이 정도……?

진성이 입에서 저 말이 흘러나오는 순간 또 식은땀이 날 뻔했지만 아무도 의미를 이해한 사람은 없는 듯해서 정말 다행이었다.

"그 후에는 형 때문에 진실 게임이 흐지부지되어 가지고 나랑 윤찬이 형은 자러 가라고 형들끼리 또 어른의 대화 어쩌고 하면서 그랬어. 그래서 자러 들어간 다음엔 나도 모르는데."

조금 정리를 해 보자면 필름 나간 직후 '나도 같이 하고 싶었다.'라는 쓸데없는 소리를 해 대다 주한 형한테 혼났고, 윤찬이, 진성이가 자러 들어갔고, 그다음엔 딱히 별일 없다가 소파로 기어가 잤다는 말이 되겠군.

멤버들의 말대로라면 딱히 걱정할 필요 없어 보였다.

물론 멤버들이 나에게 솔직했다는 가정하에.

진성이는 말을 끝내고 '흐음.' 하고 작게 침음하더니 말했다.

"형아, 나 앞으로 형 말 잘 들을게."

"뭐?"

말 잘 듣는다는 말은 희소식이지만 갑자기 뭐라는 거야.

되물어 보았지만 진성이는 제 말에 만족했는지 쩝쩝 입맛을 다시며 고개를 끄덕이고 내 어깨를 툭툭 두드린 후 사라졌다.

······진짜 별일 없는 거 맞나?

솔직히 말하자면 아까 전 추궁하듯 묻던 고유준의 표정이 상당히 신경 쓰이긴 했다. 하지만 고유준 본인이 별일이 없다고 했는데 어쩌겠는가.

애초에 술의 힘을 빌려 내 입에서 진실이 나왔다고 해도 죽고 나니 과거로 돌아왔더라는 허무맹랑한 소리를 믿을 사람은 거의 없다.

그냥 '술주정이구나.' 하고 말겠지.

난 거기까지만 생각하고 서둘러 신발을 신었다.

"다녀올게."

이제 스케줄하러 갈 시간이었다. 토끼 같은 동생 둘과 여우 같은 형, 사람 같은 고유준이 거실에서 고개를 빼꼼 내밀어 날 바라보았다.

"웅, 돈 많이 벌어 와~."

고유준의 말에 가볍게 손사래를 치고 멤버들과 대충 눈인사를 하는데 유독 윤찬이의 눈빛이 뭔가 굉장히 간절해 보였다.

"윤찬이 왜. 할 말 있어?"

"아, 아니요! ……다녀오세요."

윤찬이는 할 말 가득해 보이는 얼굴로 고개를 젓더니 가볍게 미소 지어 보였다.

난 고개를 끄덕이곤 수환 형과 함께 〈뉴비공대〉 촬영장으로 향했다.

이동하는 차 안.

"윤찬이는 오늘도 촬영 있죠?"

"윤찬 씨는 조금 있다 태성 매니저랑 움직일 겁니다. 아직 스케줄까지 시간이 남아서요."

"아아."

그러고 보니 윤찬이 이제 주한 형이랑 화해했던가. 오늘 아침 식사를 하며 보니 잘 풀린 것 같긴 했다.

"……아, 맞다. 수환 형 어제 반말하니 마니 하는 이야기 안 나왔던가."

"저는 상관없다고 했습니다. 현우 씨도 편히 하세요."

"에이, 형이 먼저 말을 놔야 제가 놓죠. 주한 형이랑은 사석에서 말 놓은 거 멤버들 다 아는데 왜 우리한테는 편하게 안 해 주-."

파톡!

메신저음에 하던 말을 멈추었다.

메신저를 보낸 건 윤찬이었다.

-현우 형, 오늘 화이팅 하세요. 저도 촬영 열심히 할게요. 새벽에 연습할 건데 혹시 도와주실 수 있으신가요?

-피곤하시면 괜찮아요!

-연습 제대로 해서 앞으로 실수 없이 완벽한 무대 만들도록 할게요. 형이 얼마나 무대를 소중히 여기고 있는지 어제 깨달았어요. 그럼에도 불구하고 기다려 주셔서 감사합니다.

-정말 열심히 할게요.

-좋은 하루 되세요!

"…… ."

-연습 같이 하자

대충 답장을 보내 놓고 수환 형에게 물었다.

"수환 형, 저 어제 진짜 별일 없었어요?"

"딱히 없었습니다."

"진짜로요? 저 방금 이런 문자 받았는데?"

난 수환 형에게 윤찬이한테서 온 메신저를 보여 주었다.

"아까 진성이가 앞으로 말 잘 듣겠다고 갑자기 말했는데도 별일 없었어요?"

멤버들의 마음가짐이 매우 수상했다.

진성이가 자기반성이라니? 윤찬이의 열정으로 가득한 메신저라니??

그러고 보면 오늘 고유준의 장난이나 주한 형의 잔소리가 평소보다 훨씬 적었던 것도 같고.

내가 상당히 의심스럽다는 투로 캐묻기 시작하자 수환 형은 인상을 구기더니 한숨을 푹 쉬었다.

"있긴 했습니다."

난 대답하지 않았다. 수환 형의 말을 굳이 끊기 싫었다.

수환 형은 백미러로 날 힐끔거리더니 말했다.

"우셨어요. 많이. 우시면서 뭔가 말씀도 많이 하시긴 했는데 저한테는 웅얼거리는 것으로 들렸습니다."

"……진짜요?"

어쩐지 오늘 아침 몰골이 말이 아니더라니.

"네, 앞으로 저도 매니저 열심히 하겠습니다. 화이팅."

수환 형은 담백하게 말한 뒤 시선을 피해 버렸다.

"오늘도 잘 부탁드립니다."

"잘 부탁합니다. 자, 현우 씨는 이리로."

"네!"

〈뉴비공대〉의 촬영 전, 인게임으로 인사를 나눴던 출연진이 한데 모여 소파에 앉아 인사를 나눴다.

저들은 간단한 통성명을 끝낸 뒤 각자 방으로 들어가 신호에 맞춰 한 사람씩 등장하는 방식으로 촬영이 진행될 예정이었다.

출연진과 어색하지만 정중하게 인사를 나눈 서현우는 우지혁의 곁에 앉아 제작진의 설명을 듣고 있었다.

그 모습을 지켜보는 이수환의 마음은 복잡했다.

"그게 다였어요? 저 울기만 했어요?"

차에서 그렇게 묻는 서현우에게 이수환은 '그렇다.'라고 대답했다. 서현우는 굉장히 찝찝한 표정이었지만 이수환이 입을 다물자 더 묻지는 않았다.

그리고 지금은 아무 일도 없었다는 듯 촬영에 집중하고 있었다.

이수환은 환하게 웃고 있는 서현우의 모습 위로 어젯밤 서현우의 모습을 겹쳐 보고 있었다.

서현우는 멤버들에게 화를 냈다. 울면서 이제 그만 물으라고, 말해도 어차피 안 믿을 거 왜 자꾸 묻느냐고 성질을 냈다.

평소 웬만한 일로는 화를 내지 않는, 크로노스 중엔 어떤 의미로 가장 온화한 멤버가 말해 봤자 믿지 않을 거라고 화내며 말했다.

평소 서현우의 술주정과는 좀 달랐다.

아니, 서현우 같지 않은 모습이었다.

"형, 그게 무슨 말이야? 뭘 못 믿어? 왜 못 믿어? 믿을 수 있는데 나는……."

서현우에게 질문했던 이진성이 말했지만 서현우는 끝까지 믿지 못할 거라며 웅얼거렸다.

사실 웅얼거려서 잘 알아듣지 못했다는 이수환의 말은 사실 거짓말이었다.

"나는 그냥 다 모르는 척하고 싶어. 나도 계속 너희랑 무대 같이 서고 싶었는데…… 왜 나만, 나한테만."

서현우와 가장 가까운 거리에 있었기 때문에 토씨 하나 빠트리지 않고 다 알아들었다.

처음엔 완전히 취하기 전의 주정이라고 생각했다. 여기서 조금 더 취하면 아예 말이 없어지는 게 아닌가 하고.

물론 미국에서의 일이라든가 서현우의 말을 들으며 신경 쓰이는 부분이 떠오르긴 했지만 그때도 지금도 서현우는 멤버들과 함께 크로노스의 일원으로서 무대에 서고 있다.

함께 무대에 서고 싶었다는 말이 무슨 말인지 이해할 수 없었기에 그냥 주정인지 평소 하고 싶었던 말을 술기운에 하고 있는 건지 구분할 수가 없었다.

'하지만 그러기엔……'

서현우가 너무 서럽게 울었다.

"항상 보기만 하고."

그 모습을 지켜보던 멤버들은 놀라 서현우에게 말을 건네지 못하고 한동안 말하는 걸 바라만 보았다.

결국 강주한이 말했다.

"진성이랑 윤찬이 이제 슬슬 자러 가. 현우 취했네. 진실게임은 다음에 하자."

강주한은 이진성과 윤찬이를 방으로 보내고 중얼거리는 서현우를 바라보았다.

"현우야, 지금 무대 같이하고 있잖아. 뭐 힘든 일 있어?"

강주한이 자상하게 말을 걸때 고유준이 물었다.

"말 못 하고 있는 뭐가 있어? 믿을게. 말해 봐."

주정에 멤버들은 왜 다들 그렇게 심각한 표정을 짓고 대화를 이어 나가려 하는 것인가. 모두 이수환과 마찬가지로 지나온 시간 중 무척이나 신경 쓰이는 것이 있기 때문일 테다.

"뭔데? 왜 우는데? 뭘 못 믿는데?"

서현우가 술이 무척 약하긴 하지만 단 두 잔으로 이렇게 인사불성이 된다고?

최근 많이 피곤했던 건가, 아니면 원래 주량이 두 잔이었는데 평소엔 취하기도 전에 더 마셔서 몰랐던 건가.

　아무튼 오늘 좀 이상하다, 자연스럽지 못한 상황이라고 이수환 혼자서 조용히 생각하고 있을 때였다.

　"난 아무것도 말 못 하는데 무서운 것만 많아……."

　"그러니까 뭐가-."

　"정말 미안해……."

　서현우가 손으로 제 얼굴을 가렸다.

　"나도 좋은 일에 좋아만 하고 싶은데 왜 나만."

　"……."

　"사람도 무섭고 비행기도……."

　사람도 무섭고 비행기도 무섭다. 서현우에게 비행 공포증과 대인 기피증이 있다는 건 이수환과 멤버들은 다 알고 있는 것이다. 그렇다면 이게 비밀은 아닐 테니 공포증의 이유를 묻지 말라는 이야기인 걸까?

　감정에 휩쓸려 오열하는 술주정을 듣고 이렇게 진지하게 추리해 보는 이수환, 강주한, 고유준의 행동도 참 우스웠지만 숨 쉬는 것조차 힘들어하던 서현우를 생각하면 고민에 빠질 만도 했다.

　세 사람이 서현우 달래기도 관둔 채 제각각 고민에 빠졌을 때 서현우가 앓는 소리를 냈다.

　"얼굴 아파……."

"아프다고?"

아프다는 말에 강주한이 고개를 들어 서현우의 얼굴을 살폈다. 서현우는 얼굴을 가리고 소파로 기어가더니 그대로 잠이 들어 버렸다.

"⋯⋯."

"⋯⋯."

정적으로 휩싸인 거실. 강주한, 이수환, 고유준은 서로를 바라보았다.

"정리해 보면 무서운 게 많은데 이유는 말하기 싫으니까 제발 묻지 말라는 거 맞나?"

고유준의 말에 강주한이 어깨를 으쓱였다.

"애가 지 성격도 내다 버릴 정도로 취해서 말하는 거니까 다 곧대로 믿을 순 없지. 그래도 일단 더 안 물어보는 게 좋다는 생각은 들어."

예전부터 이런 일에 대해 언급하면 곤란해하는 듯 보였으니까. 멤버들의 이야기를 경청하던 이수환이 대화에 끼어들었다.

"그렇네요. 당사자가 싫다고 하니 일단 본인이 먼저 말하기 전까진 묻지 않는 것으로 하죠. 뭐, 현우 씨가 어떤 것을 불편해하시는지 다들 알고는 계시니까."

그래서 상담도 피하고 있던 건가.

말하기가 그렇게나 싫어서. 본인이 상담을 받아 보고자 했지만 자신의 생각보다 더 말하기 힘들어서 상담을 피할 수밖에 없었던 모양이다.

"……지금까지 별일 없었던 것 같은데."

고유준이 중얼거렸지만 금방 생각을 지워 버렸다.

지난번 서현우와 둘이서 술자리를 가지며 이 일에 관해서는 어떤 의문도 품지 않고 서현우를 믿겠다 하지 않았던가.

"묻지 말자 이제. 저렇게 싫어하는데 굳이 이유를 설명하라고 할 필요는 없지. 애들보고도 이 일에 대해서는 언급 절대 하지 말라고 말해 둘게."

조명은 데뷔 전 사고로 인한 두려움 때문이라 예측하고 있고 대인기피증은 데뷔한 많은 연예인들이 겪고 있는 증상이다. 비행공포증은 그동안 겪을 새가 없었다고 생각하면 그만이니까.

"우린 그냥 현우 곁에서 힘들어할 때 도와주자."

"어, 알겠어. 서현우 내일 일어나서 이불 겁나 차겠네."

고유준이 킥킥거리며 조금 굳어진 분위기를 풀고 일어났다.

"서현우 방에 데려갈게요."

"제가 도와드릴게요."

"됐어요, 형."

고유준이 서현우를 데리고 방으로 들어가고 강주한은 이수환에게 말했다.

"상담, 계속 연장하고 있는 것으로 아는데 수환 형 그거 아예 중단시키는 게 좋을 것 같다."

"그래."

강주한은 이수환의 대답을 들은 후 일어나 이진성과 박윤찬의 방으로 향했다.

아마 나눴던 대화에 대해 알려 주려는 것 같았다.

갑작스럽고 부자연스러운 술주정. 하지만 멤버들이 평소에도 몹시 걱정하고 있던 부분이었다.

이날 멤버들은 모두 오늘의 일을 모르는 척하기로 입을 맞췄다.

서현우가 괜찮아질 때까지, 스스로 말하고 싶어질 때까지 궁금해하지 않고 그저 곁에서 지켜보며 덜 힘들도록 돕겠다고.

그렇게 서로 말을 맞추고 아침을 맞이했었다.

"……."

이수환은 강주한에게서 온 문자를 확인했다.

-현우가 무슨 말 안 해?
-의심하고 있어.

걱정하는 강주한에게 답장을 보내고 다시 촬영 중인 서현우를 바라보았다.

지금은 저렇게 밝은데 무슨 아픔을 저렇게 숨기고 있는 것인지.

최근 많은 스케줄을 소화하며 멤버 모두가 하나둘씩 불만과 화를 표출하고 있었지만 서현우만 감정 컨트롤이 잘되고 있는 건 이유가 있어서가 아닐까 하는 생각이 들었다.

음악 방송 활동 종료까지 남은 날은 3일.

휴식기가 시작되면 멤버들의 휴식과 함께 심적 불안도 해소될 수 있기를 바라는 이수환이었다.

"자, 다음 출연자 이제 슬슬 나오시죠."

"아이, 근데 출연자 누군지 다 아는데 이렇게 하나씩 나오는 이유가 뭐야?"

"형님, 왜요. 한 명씩 주목받고 좋잖아요!"

온정우, 배우 상현과 개그맨 정훈이 단란히 토크를 이어나가며 다음으로 소개될 출연진인 나를 소개했다.

난 문고리를 잡고 숨을 깊이 들이쉬었다.

최대한 밝게 인사하며 나가야 방송에 좋은 인상으로 남을 수 있을 거다.

"다음 출연자 나와 주세요!"

"현우 씨이!!!!"

"공대장님!"

이미 내가 등장할 거라는 걸 스포한 출연진이 열띠게 내 이름을 불러 댔다.

난 들이마셨던 숨을 내쉬며 활짝 문을 열었다.

"안녕하세요!"

"현우 씨, 오랜만이에요!"

최대한 밝게 인사하자 이미 나와 연이 있던 온정우 선배님이 일어나 나에게 다가왔고 가볍게 포옹한 뒤 떨어졌다.

"야! 정우야, 너 또 인기 아이돌 나왔다고 어? 친한 척하지 마!"

"아니 저희 진짜 친해요, 형님! 그죠, 현우 씨? 저희 얼마 전에 봤잖아요."

살갑게 말하며 어깨동무를 하는 온정우 선배님의 시선을 피하며 일부러 어색한 척 고개를 끄덕였다.

"네, 맞습니다. 선배님."

"하나도 안 친해 보이는데?"

배우 상현 선배님이 온정우 선배님을 놀리듯 말했다.

"아무튼 우리 공대장님 환영해요. 여기 앉으세요."

출연진이 소파 가운데 자리를 비워 주었고, 내가 그곳에 앉자 가벼운 토크가 시작되었다.

베테랑 예능인이라고는 온정우 선배님 한 사람뿐, 다른 이들은 배우 활동에 전념하거나 이제 막 예능에 진출하기 시작한 개그맨, 아이돌, 그리고 우리의 광고주였다.

하지만 다행스럽게도 이미 한번 게임상으로 만난 덕분인지 촬영 시작 후 이어진 토크에 어색함이 없었다.

온정우 선배님이 굳이 전 출연진을 이끌며 토크를 캐리해 나가지 않아도 괜찮았다.

"우리 솔직해집시다. 난 촬영 끝난 뒤에도 게임에 접속해 연습해 봤다 하는 사람들 손들어 주세요. 하나, 둘, 셋!"

온정우 선배님의 말에 출연진 모두가 우르르 손을 들었다.

"……진짜? 와, 진짜 다 들어가서 연습해 봤다고요?"

개그맨 성진이 믿기지 않는다는 투로 들뜬 소리를 냈다.

"우리 저번에 해 보니까 좀 심각하긴 하더라고. 클리어 근처로도 못 갈 것 같아서 나름 열심히 키웠죠."

"저도요. 캐릭터 새로 만들어서 처음부터 키워 보고 있어요. 우리 대표님이랑 현우 씨만 짐을 짊어지게 할 수는 없죠. 하하."

다들 쑥스러운 척 하하호호 말했지만 사실 아까 촬영 시작 전 개그맨 두 사람 성진, 정훈 선배님이 하는 말을 들었다.

"와, 진짜 ×나게 연습했잖아요. 선배님, 저희, 이렇게 못

하면 분량 하나도 못 가져가겠는데? 하면서."

"맞아. 가뜩이나 깍두기 취급 개그맨인데 게임이라도 잘
해야 좀 잡아 주지, 안 그러면 편집당한다고 성진이랑 맨날
PC방 갔잖아요."

부지런한 연습 뒤엔 인기 없는 개그맨의 서러움이 담겨 있
었다.

나와 지혁 형은 인기 아이돌이라서, 온정우 선배님은 능숙
하게 분량을 가져가는 베테랑 예능인이라서, 대표님은 대표
님이라서 분량을 많이 가져간다.

그렇다면 나머지 신인 배우 둘과 개그맨 둘은?

시청률 안 나온다고 다들 출연을 거부하던 예능 〈뉴비공
대〉에 출연하겠다고 나온 사람들이다.

시청률이 안 나올 것 같은 예능이라 출연료 예산은 적게
잡혀 있고, 그래도 방송의 얼굴 몇몇은 있어야 하니 많은 비
중의 출연료가 온정우 선배님, 나, 지혁 형을 섭외하는 데에
쓰였다.

출연료 줄 거 다 주고 남은 예산에서 섭외가 가능한 사람
은 당연히 한정되어 있다.

케이블을 전전하며 아직 무명에 가까운 개그맨들과 단역,
조연 등으로 서서히 인지도를 쌓아 올리고 있지만 아직은 미
미한 신인 배우들이었다.

"못해도 열심히 하는 모습은 보여야죠. 그래야 민폐 안 끼

칠 테니까."

배우 민재가 말했다.

그들에게 조금이라도 열심히 하는 모습을 보여 긍정적으로 활약하고 싶은 건 당연하다.

거기다 분량 걱정 없는 사람들도 대표님은 대표님이라서, 지혁 형은 나에게 미안해서 열심히 연습했을 테니 그래도 여기는 게으름 피우는 빌런은 없을 듯했다.

우리는 간단한 근황 등을 나누며 대화를 이어 나갔다. 그러다 어느 정도 분위기가 무르익었을 때쯤 PD님이 말했다.

―여러분, 그동안 잘 지내신 듯하여 다행입니다.

"어우, 그럼요. 너무 잘 지냈어요."

―오프닝을 진행하며 여러분들이 촬영이 없을 때에도 바쁜 시간 쪼개가며 연습하셨다는 이야기를 들었는데요.

"해야죠. 해야죠. 무조건 해야죠."

"제가 생각해도 저번에 너무 못하긴 하더라고요."

―네, 그럼 연습한 만큼 실력이 얼마나 늘었는지 한번 확인해 보기 위해 저번 시간 클리어하지 못했던 '어둠의 궁전'을 다시 도전해 보시는 게 어떨지.

PD님의 말에 다들 과하다는 말이 맞을 정도로 격하게 호응했다.

"좋습니다! 그 말을 기다리고 있었어요!"

"저 이제 그 레이드 눈 감고도 하죠!"

"정말요? 오오, 연습 많이 하셨나 본데~."

"이제 대표님과 현우 씨 못지않을 정도로 활약할 자신 있습니다!"

다들 자신 있게 한마디씩 하는 걸 보아 연습을 '어둠의 궁전'으로 하셨던 모양이다.

특히 지혁 형이 가장 거들먹거리는 표정을 짓고 있었다.

"저는 이미 클리어 한번 해 봤습니다."

지혁 형이 말했다.

"진짜? 클리어를 했다고?"

난 나도 모르게 큰 소리로 물었다. 제일 큰 성장이 아닐까. 믿을 수 없었다.

멤버들이랑 특훈을 한다고 하더니 레이드 내내 누워 있던 지혁 형이 클리어까지 했을 정도면 정말 열심히 연습했다는 소리였다.

"어우, 그날 너무 자존심 상해 가지고. 멤버들이랑 열심히 연습해 왔어요."

"오, 지혁이 자신감 엄청난데?"

"제가 우리 현우보다는 못해도 삼촌보다는 잘한다!"

지혁 형이 뿌듯하게 웃으며 내 어깨에 팔을 걸쳤다.

지혁 형에게 삼촌이라고 불린 온정우 선배님은 입술을 삐죽이며 미운 열 살 같은 표정을 지었다.

"나도 연습 많이 했거든? 끝까지 살아남을 거니까."

무려 대형 기획사 YU엔터 대표의 아들인 지혁 형은 웬만한 베테랑 연예인들과 데뷔 전부터 알고 지내는 사이었다.

　신인임에도 불구하고 어느 예능을 나가든 능글거리는 본인만의 캐릭터가 형성된 배경에는 '대표 아드님', '베테랑도 함부로 못하는 신인 아이돌'이란 이미지가 존재했기 때문이다.

　"현우야, 내가 얼마나 잘하는지 잘 봐."

　이미 출연진과 형 동생, 삼촌 조카 하는 지혁 형이 나를 열심히 챙겨 주고 있으니 아직 어색함을 못 떨쳐 내던 나도 곧 자연스럽게 출연진 사이에 섞여 들어갈 수 있었다.

　토크를 위해 갖춰진 세트장 바로 옆엔 컴퓨터 여덟 대가 갖추어진 세트장 하나가 더 있었다.

　"와, 여기 완전 PC방 같아!"

　개그맨 정훈의 말대로 어느 대형 PC방 하나를 통째로 떼온 것 같은 비주얼의 세트장이었다.

　우리 회사에서 마련해 줬던 컴퓨터와는 비교도 안 되는 퀄리티의 빛나는 LED 컴퓨터들, 대기업 회장님들이나 앉을 법한 푹신한 의자, 마찬가지로 현란하게 빛나고 있는 키보드와 마우스.

　"프로게이머 된 느낌이다, 완전."

　우리들의 실력에 비해 엄청나게 대우받은 듯한 초호화 세트장이었다.

-각자 마음에 드시는 자리에 앉아서 헤드셋 착용해 주세요. 가까이
있어도 집중을 위해 소통은 마이크로 대체하겠습니다.

"현우야, 너는 내 옆으로 와. 같이 앉자."

"어."

지혁 형이 자연스럽게 내 자리를 맡아 주었다. 내 왼쪽엔
지혁 형, 오른쪽엔 배우 상현이 앉게 되었다.

"현우 씨, 잘 부탁드려요."

배우 상현이 살갑게 말을 걸어왔다. 크로노스보다 딱 2개
월 먼저 연예계에 발 디딘 선배로, 우리가 한참 〈픽위업〉 촬
영을 하고 있을 때 데뷔한 배우였다.

나이는 나와 동갑이라고 했던가? 〈졸업합니다〉에 나왔던
온기훈에 비해서는 아직 뚜렷한 성과가 없는 것으로 알고 있
다.

현재 시점까지는.

무명 시절이 꽤 길다가 유명 작가의 드라마에 서브 남자
주인공으로 출연한 이후 각종 주연 배역을 맡으며 전성기를
보내게 된다.

무슨 드라마인지는 모르겠지만 이름도 많이 들었고 살짝
앳되긴 해도 TV로 봤던 얼굴이 보였다.

"네, 잘 부탁드립니다."

"근데 저희 동갑인데 말 편하게 하는 건 어떨까요?"

역시나 내가 인사하자 먼저 말을 놓자며 제안해 왔다. 역

시나 상현의 전성기 시절 미담대로 상당히 다정한 말투와 눈빛이었다.

이런 얼굴에 대고 어색하다는 티를 낼 순 없어 난 내가 할 수 있는 최대한의 긍정적 미소를 지으며 고개를 끄덕였다.

"그럴까? 편하게 현우라고 불러, 상현아."

"그래, 현우야. 너 게임 잘하더라."

간단히 대화를 이어 나가고 있자 곁에 있던 지혁 형이 또 내 어깨에 손을 올리며 대화에 끼어들었다.

"뭐야. 두 분 벌써 친해진 거예요? 저랑도 친구 해요, 상현 씨."

"아, 아!"

상현은 나와 지혁 형을 번갈아 보더니 뒤늦게 무언가를 깨달았다는 듯 탄성을 냈다.

"저 〈픽위업〉 봤어요! 두 분 나오시지 않았어요?"

"맞아요. 그때 친해졌습니당~."

"와, 역시. 저도 그때쯤 yeji 님 뮤직비디오로 데뷔해 가지고 맨날 유넷만 틀어 놨었거든요!"

유넷엔 새벽부터 아침, 늦은 오후부터 저녁까지 편성이 비어 있는 구간에 아티스트들의 뮤직비디오를 연달아 틀어 주는 시스템이 있다.

상현은 아마 자신이 출연한 뮤직비디오를 보기 위해 늦은 오후부터 저녁까지 상영되는 뮤비를 모두 챙겨 보다 뮤직비디오 사이 스파이처럼 틈틈이 섞여 나오던 〈픽위업〉 무대 영상, 뮤직비디오 상영 이후 〈픽위업〉 재방송 등등을 우연히 보게 된 모양이었다.

"아, 진짜요? 저도 그때 뮤직비디오 봤어요. 예지 님의 〈구두〉라는 곡 뮤비 아니에요? 되게 잘생긴 분이 나오길래 누구지~ 누구지~ 연습생인가? 생각했었거든요."

지혁 형의 능글능글 사교성 듬뿍 담은 말에 상현이 정말 기쁜 얼굴로 미소 지었다.

"아, 형님 아니세요? 편하게 상현이라고 부르세요, 형."

"그럴까? 좋지. 조금 있다 번호 알려 줘, 상현아."

난 마치 두 사람의 대화에 참여했던 것처럼 고개를 끄덕였다. 지혁 형 못지않게 상현이도 상당히 사교성이 좋은 모양이었다.

다만 우리 집 대표 인싸 고유준이나 지혁 형에 비해서 조금 순한 분위기의 인싸 느낌이었다.

─모두 〈원아워즈〉 실행해 주세요. 곧바로 아지트로 들어오셔서 레이드 준비 부탁드립니다.

음성 채팅 프로그램 '디스이즈코드'를 통해 PD님의 지시가 들어왔다.

그제야 지혁 형의 손이 내 어깨에서 내려왔다.

난 바로 앉아 게임을 실행시켰다. 게임사에 받은 장비로 둘둘 감긴 내 캐릭터. 그대로 서버에 접속하자 곧바로 지혁 형의 캐릭터가 보였다.

지혁 형은 내 캐릭터를 보자마자 '/기도' 감정 표현을 했다.

-달라진 내 모습을 보여 줄게~.

도련님의 PC방 탐방기를 연상케 할 정도로 여유로웠던 저번 촬영과는 달리 지혁 형의 각오는 남달랐다.

그뿐만 아니었다.

지난 모임, 그다지 활약을 못했던, 활약은커녕 트롤(민폐)이었던 출연진도 '디스이즈코드'를 통해 한층 진지한 목소리로 '어둠의 궁전' 공략에 대한 대화를 이어 나가고 있었다.

그 모습을 본 나는 한층 마음이 놓였다.

오늘은 '어둠의 궁전' 정도는 깰 수 있을 것이란 희망이 보였기 때문이다.

출연진은 호언장담했던 대로 지난번 전멸에 가까웠던 4연속 공격 등을 손쉽게 피했다.

거기다 드디어 제대로 공격도 할 수 있게 되었다.

물론 능숙한 타 유저들에 비하면 많이 부족하지만 지난번과 비교해 상당히 발전된 모습이었다.

특히 그중에서도 두각을 드러내는 게 이미 촬영 전 '어둠의 궁전'을 한번 클리어해 봤다는 지혁 형이었다.

"이것 봐, 현우야. 형 되게 잘하지? 얼른 칭찬해 줘."

"어, 엄청 잘하– 형, 거기 있으면⋯⋯!"

내가 다급히 말하자 지혁 형은 콧노래까지 부르며 유유자적하게 자리에서 벗어났다.

천재가 노력까지 하면 얼마나 무서워지는지 온라인 게임을 하며 느끼게 될 줄은 몰랐다.

지혁 형의 캐릭터에서 자신감이 느껴졌다. 공격은 다른 출연진보다 상대적으로 덜하긴 하지만 피하는 데에 주력해 준 덕분에 힐 하기 상당히 편했다.

"형, 진짜 많이 늘었다."

"그렇지? 그치? 우리 애들 데리고 날잡고 했어~. 형아 막둥이한테 혼나면서 어? 우리 현우를 위해."

"멋있어. 멋있어."

내가 이렇게 노력했다며 그간의 서러움을 말하는 형에게 대충 맞장구쳐 주는 동안 내 입꼬리는 자연스레 올라갔다.

다들 정말 클리어를 위해 노력하는 것이 캐릭터와 '디스이즈코드' 음성을 통해 느껴졌다.

단둘만 남긴 채 전멸했던 그때와는 달리 1페이즈는 무난하게 넘어갔다.

"됐다!!! 됐어! 됐잖아, 이것 봐!"

개그맨 성진이 신난 목소리로 벌떡 일어나 제 모니터를 가리켰다.

분명 사전 인터뷰에서 게임도 좀 해 봤던 사람이라고 했던 것 같은데 보아하니 출연하고 싶어서 게임 경험에 대해 좀 부풀린 경험이 없지 않아 있는 듯했다.

난 성진의 말에 맞춰 고개를 끄덕여 주며 말했다.

"여기서부터 다음 장소까지 이동하는 동안 몬스터가 떼거지로 몰려오거든요. 앞에 막아서는 것만 처리하면서 빠르게 달려서 다음 장소로 들어가는 게 좋을 것 같아요."

"다 안 죽이고?"

"네, 어차피 다음 구간에 들어가면 잡몹들은 못 들어와서요. 최대한 안 잡고 들어가죠. 탱커님께서 어그로 끄시고."

"예."

점잖은 대표님의 목소리가 들려왔다.

이제 다들 제대로 된 실력이 나오는 것 같았다. 거기다 채팅으로만 소통하던 지난 촬영 때와는 달리 음성 소통이 가능하니 좀 더 일사불란하게 움직여지는 것도 있었다.

우리 진짜 할 수 있을지도.

그리고 2페이즈. 지난번 포기 선언을 했던 곳이었다.

일단 모두에게 힐을 해 체력을 꽉 채우고 2페이즈에 들어섰다.

"……어? 와."

난 나도 모르게 얼빠진 목소리를 냈다.

기대 이상으로 모두 잘 처리해 주고 있었다.

오히려 기존 유저들은 공략 안 보고도 통과한다는 1페이즈보다 더 잘하는 것 같기도 했다.

이제 손가락이 풀리기 시작할 걸 수도 있고 포기했던 구간이라고 다들 열심히 공략을 보고 왔을 수도 있겠다.

"여기서 탱커님 각성기 써 주시고요. 모두 탱커님 근처로 모여 주세요."

"네!"

"어, 저 좀 멀어서 제시간에 못 갈 것 같은데요."

"주술사님, 스킬창에 분홍색 스킬 보이세요? 저기 계신 궁술사님 클릭하고 스킬 눌러 주세요."

"오오! 당겨졌어. 순간 이동인 줄~."

"유혹이라는 스킬인데 지정 대상을 즉시 가까이 오도록 하는 스킬이에요. 나중에도 유사시에 써 주세요."

"네, 공대장님."

뭐지? 뭘까. 진짜 뭘까. 다들 왜 이렇게 잘하게 된 걸까.

그것도 고작 두 번째인데.

모두 칼을 갈고 레이드에 임하는 고인물들처럼, 한 스무 번은 맞춰 본 것 같은 플레이어들처럼 아주 잘했다.

그리고 난 곧 그 이유를 알 수 있었다.

"이거 다음에 곧바로 '범인 처단' 나와요."

"네. 지금 연속으로 광역 공격!"

"연속으로 네!"

온정우 선배님을 제외하고 모두 사전에 예습을 아주 철저히 해 온 것이다.

이미 2페이즈 정도는 다들 클리어해 본 듯 신나게 공격과 방어를 하고 있었다.

마치 랜덤 매칭으로 레이드에 들어갔더니 우연히 숙련자만 있는 느낌이라고 할까.

나름 괜찮은 팀워크였다.

그렇게 눈 깜짝할 새 2페이즈가 마무리되었다.

팀원들은 훌륭한 솜씨로 리벤지에 성공하였다.

"모두 고생하셨어요."

"와, 이거 이 멤버로 깨지네."

"아직 한 페이즈 남았어요."

이럴 리가 없다. 이렇게 잘할 리가 없다. 이 중 분명 지혁 형 외에도 클리어해 놓고 클리어 안 해 봤다고 하는 사람 분명히 있을 것이다.

난 감탄과 놀라움을 금치 못하며 계속 힐했다.

얼마나 이들이 열심히 잘했냐 하면 힐, 부활을 반복하며 마나가 바닥을 쳤던 지난번과는 달리 오늘은 부활 키를 굳이 뽑지 않아도 쓸 일이 없을 정도였다.

하지만 '어둠의 궁전'의 마지막 3페이즈.

클리어해 본 사람이 지혁 형과 대표님밖에 없는 마지막은 역시나 한 번에 클리어할 수 없었다.

내가 열심히 갈렸고 어찌어찌 버티던 파티원들은 마지막 보스의 공격이 격해지자마자 하나둘씩 쓰러져 전멸로 마무리되었다.

－모두 고생하셨습니다.

"아, 너무 아쉬워. 몇 번 더 하면 되겠는데? 그죠, 여러분?"

"맞아요. 마지막 보스도 중간까지는 어찌어찌 했는데. 몇 번 더 맞춰 보면 할 수 있을지도."

아쉽게 끝났다는 느낌이 강한 터라 다들 다시 한번 도전해 보고 싶어 하는 기색이 강했지만 PD님은 단호히 '어둠의 궁전'퇴장을 지시했다.

－클리어에 열정을 가져 주시는 여러분들께는 몹시 감사하지만 저희의 목표는 더욱 높은 곳이니까요. 여러분들의 멘탈과 체력이 버텨 줄 때 한번 엔드 컨텐츠 '신념의 불꽃'에 도전해 보는 게 어떨까요?

PD님이 판단하기에 '어둠의 궁전' 클리어에 시간을 쏟으면 오늘 촬영의 목표가 '신념의 불꽃'에서 '어둠의 궁전' 클리어로 바뀔 것이라 생각하는 모양이었다.

"좋아요!"

"좋습니다!"

"그래도 하다 보니까 좀 손에 익는 것 같더라고. 1페이즈 정도는 할 수 있지 않을까?"

-오늘은 약간 경험만 해 본다 생각하시고, 클리어보다는 경험입니다.

기대에 찬 파티원들에게 PD님이 꾸역꾸역 현실을 말해 주었다.

'어둠이 궁전'이야 기믹이 복잡하기는 해도 지난 레이드를 해 본 사람들이라면 익숙한 기믹들이 많았다. 제일 수수께끼 였던 2페이즈 비운의 탐정도 조금만 생각하면 '아, 이런 거겠구나.' 하고 대략 알 수 있는 수준이었다—물론 출시 당시엔 지금보다 복잡한 기믹들이 존재했다—.

하지만 역대 최고로 어렵다는 레이드, 지금 멤버들의 장비도 '신념의 불꽃'에서는 기본 장비일 뿐이다.

"한번 들어가 볼까요?"

난 침착하게 파티원들을 진정시키고 레이드 입장 버튼에 마우스를 가져다 댔다.

그렇게 어렵다 어렵다 하는데 도대체 얼마나 어려울지.

반대편에 계신 대표님을 슬쩍 보자 대표님 또한 긴장한 기색이 역력했다.

나는 도중에 게임을 관뒀지만 〈원아워즈〉의 처음부터 지금까지 플레이하고 있을 대표님이 저렇게 긴장할 정도면 도대체 얼마나 어렵다는 것인지.

"그럼 들어갈게요."

"네!"

"갑시다!"

난 떨리는 손으로 '입장하기' 버튼을 눌렀다.

스토리를 전부 스킵해 모르는 캐릭터들의 스토리 신이 재생되었다.

어둠에 맞서는 주인공, 한번 좌절했지만 주인공의 신념은 꺾이지 않는다.

검은 화면에 주인공의 신념을 담은 불꽃이 피어오르고 플레이어의 동료 NPC들이 비장한 표정으로 주인공의 뒤를 따랐다.

그렇게 영상을 끝났고 우리는 빛이 가득한 공간에 서 있었다.

"출발하겠습니다."

이미향 대표님의 말과 함께 파티원들이 이동을 시작했다.

다들 긴장했는지 말이 없었다. 말보다는 화려하고 웅장한 스케일의 레이드 공간을 보며 내뱉는 감탄사 정도.

그리고 첫 번째 페이즈에 도달했을 때.

우웅-.

지뢰를 밟은 것 같은 알 수 없는 소리와 함께 새빨갛고 징그러운 몬스터가 날아왔다.

"어, 쟤가 보스인가?"

딱 한마디 하는 순간.

콰과과아아앙!!!!!!!

"……뭔 상-."

"이게 뭔데."

모든 것이 끝나 있었다.

정신 차려 보니 모두 누워 있었다.

새빨간게 날아와서 공격 한 번을 하니 그대로 전멸이었다.

난 한참 뒤 머릿속에서 상황을 정리하고 작게 중얼거렸다.

"대, 대표님…… 이건 너무하신 거 아닙니까아……."

페이즈 들어오자마자 전멸기는 진짜 너무한 거 아닌가.

"아…….."

이건 대표님도 생각 못한 상황인지 대표님이 할 말을 잃으셨다.

난 잠시 고민하다 경험을 바탕으로 생각을 말했다.

"이건 탱커님들이 타이밍 맞춰서 방패를 둘러 주시는 방법밖에 없을 것 같습니다."

전멸기 들어오는 타이밍에 탱커들이 파티원 전체에게 보호막을 둘러 주는 스킬을 쓰고 때에 맞춰서 나와 또 다른 힐러가 광역힐을 하면 될 거다.

하지만 현실을 계획만큼 쉽게 흘러가지 않는다.

최종 콘텐츠 레이드답게 완벽한 타이밍에 탱커와 힐러가 동시에 스킬을 사용하기란 매우 어려웠고 결국 우린 남은 시간 동안 1페이즈 보스를 보지도 못한 채 촬영을 마무리해야만 했다.

Chapter 14.
휴식기 (4)

입장과 동시에 파티원 전부가 전멸한 레이드 상황은 나름 알피지 게임 고인물이었던 나에게 몹시 충격적인 전개였다.

촬영이 끝난 이후에도 믿을 수 없어서 숙소로 돌아온 직후 촬영 당시 사용했던 아이디와 캐릭터 그대로 지혁 형, 고유준과 '신념의 불꽃'을 다시 가 봤을 정도니까.

이렇게 게임에 빠져들어 주한 형의 등짝 스매싱이 날아올 때까지 플레이해 본 건 정말 오랜만이었다.

그러나 언제까지고 게임에 빠져들어 있을 수는 없었다.

게임보다 내 본업이 더 중요한 건 당연한 것 아니겠나? 〈환상령〉 활동의 마지막이 코앞으로 다가와 있었다.

바로 오늘이 〈환상령〉 음악 방송 마지막 날이었다.

"오늘 엔딩 요정은 현우 당첨!"

"아…….."

잠깐 음료수를 사러 갔다 온 사이 묘하게 대기실 분위기가 달라졌다 했더니 오늘 엔딩 클로즈업을 받을 사람이 나로 결정되어 있었다.

사실 돌아가면서 엔딩을 맡았기 때문에 오늘은 내 차례겠거니 예상하고 있었다. 난 싫지도 좋지도 않은 애매한 반응을 보인 후 의자에 앉아 음료 뚜껑을 깠다.

"오늘 마지막인데 다 같이 하는 게 좋지 않아?"

"다 같이?"

"뭐라도 준비하자. 마지막이잖아."

음악 방송 할 때마다 생각하는 거지만 그 '엔딩 요정'은 도대체 왜 유행하게 된 건지 이해할 수 없다.

긴 시간 동안 나만 클로즈업된 채 뻘쭘함을 이겨 내야 하는 게 아니라 멤버 모두, 더 나아가 음악 방송에 출연하는 출연진 모두가 부담을 한가득 안아야 하는데.

근데 이걸 또 팬들은 상당히 좋아하는 것 같았다. 고리들만 해도 각 음악 방송 활동 때마다 엔딩 요정 모음 같은 걸 만들어 올리곤 했으니. 그러니 아무리 부담스러워도 건성건성 넘길 수는 없는 이벤트였다.

'뭐 하지?'

그나마 다행인 건 오늘은 마지막 방송이라 내가 엔딩을 맡

앉어도 다른 멤버들에게 연대책임을 지게 할 수 있다는 것이었다.

멤버들은 자연스럽게 내 주위로 모여들었다.

"우리 엔간한 건 다 해서 난 딱히 떠오르는 게 없어. 어제 엔딩 아이디어가 내 한계였거든."

어제 자 음악 방송의 엔딩을 맡았던 진성이가 재빨리 기브업을 외쳤다. 그러자 기다렸다는 듯이 주한 형이 손을 들었다.

"현우 말대로 마지막이니 만큼 활동 내내 함께한 고리들한테 감사함을 전하는 방향으로 다 같이 하는 게 좋을 것 같아."

말이 아주 잘 정리된 것이, 누가 봐도 오늘 제안하려고 벼르고 있었던 모양이었다.

주한 형은 또 사무적이기 그지없는 활짝 미소를 보이며 말했다.

"형한테 다 생각이 있어. 별건 아니고."

"마지막이라고 더 예쁘냐, 왜."

"애들 외모에 의미 부여하지 마라. 쟤네는 의미 없이 예뻐. 그냥 늘 예쁘다고."

두 사람은 거의 해탈한 표정으로 크로노스의 무대를 보며 대화를 나눴다.

'이번 활동 때는 볼 수 있을 줄 알았는데…….'

결국 이번 활동에서도 저들을 실제로 보는 건 꿈같은 일이었다.

어쩔 수 없었다. 두 사람이 사는 곳은 대구이고 크로노스는 서울에서 활동하니까.

직장 때문에 음방 방청하겠다고 서울까지 올라가는 일은 하지 못한다. 팬 사인회 가겠다고 미친 척 앨범을 스무 장이나 사서 주변에 돌려 봤지만 당첨되지 않았다.

평범한 직장인 고리가 통장을 털어 앨범 스무 장 살 시간에 미친 부르주아 놈들은 이백 장, 삼백 장 사 재끼기 때문이다.

"덕계못, 이런 시발 럼 같은 덕계못(덕후는 계를 못 탄다)."

"왜 사랑하는 마음은 똑같은데 나는 못 만나…….."

하, 시간 참 빠르다.

실제로 못 본 건 늘 있는 일이니 그렇다 치고 그래도 〈환상령〉 활동을 시작했다고 흐드러지게 좋아했던 게 엊그제 같은데 벌써 활동 종료라니.

심지어 이번엔 멤버 컨디션을 위해 개인 활동 이외의 공식 스케줄은 당분간 없다고 하니 더 아쉬운 것이다.

〈환상령〉 라이브는커녕 춤만 춰도 버겁다고 뮤직비디오

비하인드 영상에서 씁쓸히 말하던 멤버들은 이젠 능숙하게 무대를 할 수 있게 되었다.

멤버 모두 피로감이 쌓인 데다 잦은 무대 실수로—너튜브의 누군가가 무대 실수 모음 영상을 만들어 박윤찬을 저격했었다— 고리들과 함께 줄곧 마음고생하던 차에 이제야 좀 여유가 생기고 무대를 즐기게 되었는데, 어느새 마지막이 다가와 있었다.

어떤 곡으로 활동을 하든 항상 이랬다. 그래서 아쉬움이 컸다.

서로 나누고 싶은 말이 많을 텐데 꾹 참고 응원법대로 소리를 맞추는 고리들, 마지막이니만큼 평소보다 훨씬 카메라에 시선을 많이 주며 자주 웃는 크로노스.

완벽한 무대를 선보이며 〈환상령〉이 끝났다.

마지막 파트를 마치고, 전주가 끝이 나자 고리들이 참았던 함성을 터트렸다. 그리고 그 순간 화면이 바뀌어 서현우의 얼굴이 클로즈업되어 잡혔다.

엔딩 15초.

"헤엑! 진짜 왜 이렇게 예뻐? 오늘 요정은 현우야?"

"미쳤다, 진짜. 내 새끼 저게 사람인가."

씁쓸한 건 씁쓸한 거고 외로운 건 외로운 거고 예쁜 건 예쁜 거다. 마지막 활동이 슬픈 와중에 두 사람의 입주접은 습관처럼 끊이지 않고 흘러나왔다.

거친 숨을 내쉬며 카메라를 빤히 응시하던 서현우, 그는 1초 만에 진지했던 표정을 순식간에 풀더니 주위를 두리번거렸다.

'뭐 하려고 그러는구나!'

그 모습을 바라보는 고리 두 사람의 상체가 자연스럽게 앞으로 당겨졌다.

그때 주변을 두리번거리던 서현우가 다시 카메라와 시선을 맞췄다. 그러곤 씨익 웃으며 작은 포스트잇 종이를 들어보였다.

　　TO. 고리
　　정말 사랑해요

"……."

할 말이 없어서 아무 말도 하지 않는 게 아니었다. 순간 코끝이 찡해졌다. 울 것 같다는 말이 아니었다.

너무 감격스러울 정도로 사랑스러운 무언가를 봤을 때 나오는 조건반응이었다.

그 순간 불쑥, 화면 안으로 얼굴들이 하나둘씩 들어왔다. 어느새 크로노스 멤버 다섯이 전부 좁은 화면에 얼굴을 들이밀고 있었다.

멤버 모두 즐거운 표정으로 서현우와 같이 포스트잇을 들어 보였다.

조금만 기다려요. 곧 다시 만나러 올게요.
더 열심히 노력할게요. 감사합니다.
고리들도 고생 많았어요. 좀 있다 봐욧!
늘 보고 싶어요. 좋아하고 고마워요. 지금 캡쳐ㄱㄱ

고리들에게 전하고 싶은 크로노스의 롤링 페이퍼. 그뿐이
아니었다. 서현우의 엔딩에 얼굴을 비집고 들어온 크로노스,
고유준이 카메라를 한 손으로 잡고 있었다.
'하나, 둘, 셋.'
마이크에 들리지 않도록 숫자를 센 강주한의 신호에 맞춰
크로노스 모두가 손가락으로 브이 자를 그리며 활짝 웃었다.
마치 단체 셀카 같은 장면이었다.
캡처 각을 크로노스가 직접 잡아 주었다.
"하, 진짜."
행복하다.
못 말리겠다는 듯 탄성을 낸 고리는 솟아오른 광대를 감추
지 못했다.
그렇게 〈환상령〉의 활동이 마무리되었다.
하지만 아직 완전히 끝이 난 건 아니었다.
음악 방송 활동 종료의 끝에 언제나 의례적으로 있는 미니

팬 미팅. 곧 방송국에 갔던 고리들의 미니 팬 미팅 후기가 올라올 것이다.

♫♪♬

퇴사한 직장인의 심정이란 이런 느낌일까.

활동 시작 직후부터 언제나 피곤함과 졸음을 달고 살았는데 이제 다 끝났다고 생각하니 알 수 없는 씁쓸함과 아쉬움, 그리고 상쾌함이 온몸을 지배했다.

"와, 이제 집에 가서 뭐 하지. 잠부터 자야 하나 게임부터 해야 하나."

"유준이 친구 만나러 안 가?"

"형이 친구랑 만나는 거 좀 자제하라며~. 활동 끝났으면 술 마시자길래 깔끔히 거절했습니다. 형님, 잘했죠?"

"우리 회식 안 해? 수환 형, 우리 고기 안 먹어요?"

"……드시고 싶으면 가면 되는데, 안 피곤하십니까?"

다른 멤버들도 역시나 후련한 표정이었다.

우린 방송국을 나와 자연스럽게 구석 벤치로 향했다.

삐익! 빽!

"오우, 미안."

고유준이 들고 있는 확성기에서 현란한 소음이 나오다 금방 멎었다. 벤치에 가까워질수록 우리의 존재를 눈치챈 사람들이 환호와 함께 우릴 맞아 주었다.

연이어 찰칵거리는 셔터 소리는 덤이고.

고리들과의 미니 팬 미팅 현장.

"이야아아악!!!!"

진성이가 갑자기 소리를 지르며 고리들에게 달려갔다. 그 뒤를 윤찬이가 어쩔 줄 몰라 하며 따랐고, 그런 윤찬이의 어깨에 손을 올리며 고유준이 함께했다.

"……우린 걍 천천히 가자."

"그래. 관절이 안 좋아서 요즘."

나와 주한 형은 그냥 고리들에게 손을 흔들며 천천히 걸어가기로 했다. 걷고 있는데 갑자기 어깨 뒤에서 불쑥 건조한 표정의 얼굴이 들이밀렸다.

"아, 깜짝이야……."

"관절이 아프십니까?"

태성 매니저님이었다. 난 어색하게 미소 지으며 고개를 저었다.

"아니요. 그냥…… 춤을 춰서 그래요. 안 아파요."

태성 매니저님은 헬스가 취미셔서 그런가 특히 멤버들의 고관절이나 근육통에 신경을 많이 쓰는 편인데, 여기서 아프다고 하면 저번처럼 둘러메일까 봐 재빨리 고통을 부정했다.

태성 매니저님은 끝까지 무덤덤한 표정으로 내 부정을 의심하더니 조용히 고개를 끄덕이고 물러나셨다.

아마 매니저님 성격상 난 일주일 내로 병원에 가게 될 것이다.

"고리, 고생했어요. 오래 기다렸어요?"

"네……니오!!!!"

"에이, 앞에 누가 '네' 하셨는데? 오래 기다렸고만."

나와 주한 형이 팬 미팅 현장에 도착하고 고유준의 너스레와 함께 팬 미팅이 시작되었다.

오늘 팬 미팅은 자유롭게 진행되었지만 진행되는 와중 자연스럽게 말해야 하는 구두 공지 몇 가지가 있었다.

우리들의 장기 휴가에 대한 것과 오늘 저녁에 막방 기념 큐앱 라이브가 있을 예정이라는 것.

그리고 마지막으로 내일 공개 예정인 윤찬이 솔로곡 〈포레스트〉 특별 라이브 영상에 대한 떡밥 스포 등등이었다.

"여러분, 오늘 무대 어땠어요?"

"좋았어요!!!"

"아까 엔딩 때 카메라에 가려져서 이거 못 봤죠. 우리가 고리분들한테 쓴 롤링 페이퍼."

주한 형이 엔딩 장면에 대한 일화를 꺼내며 자연스럽게 진행을 시작했다.

지난번처럼 구석까지 구체적으로 짜서 진행되는 팬 미팅이 아닌데도 불구하고 멤버 모두 익숙하게 주한 형의 진행을 돕고 고리들과 소통했다.

팬 미팅은 순조롭게 진행되었고 마지막쯤 언제나와 같이 질의응답 시간이 시작되었다.

"음, 저는 저기! 맨 뒤에 계시는 분!"

진성이가 질문을 위해 손들고 있는 고리들 중 한 사람을 가리켰다. 고리님은 얼굴을 새빨갛게 물들이며 일어나더니 말했다.

"최근 크로노스에게 있었던 가장 인상 깊었던 일이 뭔지 궁금해요!"

"아!"

진성이가 탄성을 내뱉더니 멤버들을 둘러보았다.

질문과 동시에 머릿속에 떠오르는 것은 술과 눈물에 흠뻑 젖었던 그날 밤의 진실 게임이었다.

표정을 보아 멤버 모두 같은 일을 떠올리고 있음이 분명했다.

"……쓰읍, 있기는 한데 이거 말해도 되나?"

고유준은 장난스러운 얼굴을 하더니 이미 말하려는 뉘앙스 낭낭한 말투로 이야기를 텄다.

"얼마 전에 저희끼리 진실 게임을 했어요. 상당히 본격적으로 했었지?"

고유준이 나를 바라보며 말했고 난 고개를 끄덕였다.

"응, 주한 형이 주도해서 촛불까지 켜 놓고 되게 제대로 했었어."

"나 무슨 초등학교 수련회 온 줄 알았잖아요."

"현우 형은 솔직하게 안 할 것 같다고 술 먹이고, 현우 형 두 잔 마시고 막 취하고."

진성이가 놀리듯 나를 가리키며 낄낄거렸다.

진실 게임에 대한 멤버들의 일화를 들으며 난 다시 한번 내가 술에 굉장히 약하다는 것을 깨달았다.

아니 원래 알고 있었지만 알고 있던 것보다 더 약했다, 나는.

멤버들은 진실 게임 당시의 상황에 대해 신나서 이야기 해댔다.

"거의 다 했는데 갑자기 서현우가 뻗어 가지고 그대로 끝났잖아요."

그래도 내가 필름이 끊긴 이후부터의 이야기는 꺼내지 않아 다행이었다.

진실 게임에 대한 이야기가 마무리될 때쯤 주한 형이 추가로 질문을 받았다.

"가운데에 흰 반팔 입으신 분?"

"와아악!"

주한 형이 가리킨 고리는 진성이 못지않은 괴성과 함께 일어나 멤버들과 고리들에게서 웃음을 자아냈다.

"제 질문은요! 혹시 현우는 다시 백금발 해 볼 생각은 없는지, 또 다른 멤버들은 밝은 색으로 염색해 보실 생각 없는지 궁금해요!"

"아."

작은 탄성을 지르자 모두의 시선이 나에게로 향했다. 난 고리들을 바라보았다.

어떤 말을 하든 좋아할 거라는 표정이었지만 난 고리들 대다수가 지금의 흑발보다는 백금발을 더 좋아한다고 생각하고 있었다.

"솔직히 탈색할 때마다 두피가 너무 아파서 염색하는 거 별로 안 좋아하기는 하는데."

"맞아. 현우 형, 염색할 때마다 인상 팍 찌푸리고 있어요."

"고리 여러분들이 저 염색한 걸 되게 좋아하시더라고요."

내 말에 고리들이 '맞아요.', '흑발.', '아무거나 좋아.' 등등 각자의 생각들을 말하기 시작했다.

처음엔 한번 검은 머리로 돌아오면 다시는 탈색 수준의 염색을 하지 않겠다고 다짐했었는데 요즘엔 좀 생각이 바뀌었다.

솔직히 직캠 영상들을 둘러볼 때 머리색이 밝으면 밝을수록 좀 더 잘 찍히기도 했다.

"검은 머리도 좋긴 한데 요즘엔 다시 염색하고 싶고 그래요."

직캠으로 봤을 때 가장 예쁘게 찍혔던 머리색은 역시 백금발이었다. 고리들이 가장 잘 어울린다고 말해 줬던 색이기도 하고.

난 적당히 내 말을 마무리하고 다른 멤버들에게 토크를 넘겼다.

"다른 멤버들은 어때요? 진성이가 염색 되게 하고 싶어 했었잖아. 이번에 처음 파란색으로 염색해 봤는데 어때? 또 하고 싶어?"

"아, 하고 싶긴 한데."

진성이가 질색했다.

"형처럼 완전 백금발 말고 그냥 주한 형 정도의 색으로 해보고 싶어요. 형이 지금 뭐더라. 다크블루? 뿌리 염색을 너무 자주 해서 탈모 올까 봐 좀 무서워졌어."

진성이가 말하며 주한 형의 머리카락을 만지작거렸다. 그러자 주한 형이 진성이를 비웃으며 말했다.

"진성이는 한번 파란색으로 염색해서 두피 괴롭혔으면 끝난 거 아니야?"

"아, 뭐래! 그래도 난 아직 팔팔한 십 대니까 괜찮아."

"저는 흑발이 좋아요. 늘 흑발이어서 고충을 몰랐는데 탈색 한번 하니까 관리가 너무 힘들더라고요."

고유준이 자신의 머리를 만지작거리며 말했다.

머리색에 관한 질문 외에도 최근 나와 고유준이 다툰 일화, 게임 예능과 윤찬이의 드라마에 대한 이야기, 진성이 댄스 커버 영상 업로드 의향 등 많은 질문들이 오갔다.

팬 미팅을 시작한 지 40분, 주한 형이 진행을 계속하는 동안 수환 형이 나에게 신호를 보냈다. 이제 슬슬 마무리할 때가 되었다는 뜻이었다.

"그럼 이제 마지막 질문 받아 볼게요!"

내가 힘차게 말하며 손을 위로 들어 올리자 아직 질문할 것이 있는 고리들이 나를 따라 손을 번쩍 들었다.

난 그중 가장 눈에 띄는 고리를 지목했다. 그녀가 일어났다.

"혹시 크로노스 단독 콘서트 예정은 없는지…… 궁금해요."

"단독 콘서트. 주한 형."

나는 주한 형을 바라보았고 주한 형은 고개를 저었다.

"아직까지 예정된 계획은 없어요, 아쉽지만. 그래도 소식 있으면 여러분들한테 제일 먼저 알려 드릴게요."

"아아……."

고리들의 아쉬워하는 소리가 들려왔다. 동시에 약간의 웅성임도 있었다.

잘은 모르지만 이야기하는 걸 들어 보니 각 커뮤니티에 단독 콘서트 타이밍이라는 궁예 글이 매우 그럴듯하게 게시되어 화제가 된 모양이었다.

난 수환 형에게 들어 크로노스의 단독 콘서트가 예정되어 있다는 걸 알고 있지만 여기서 티 낼 건 아니니 모르는 척 가만히 있었다.

"여러분, 여기서 헤어진다고 너무 아쉬워하지 마세요. 저희 오늘 저녁에 또 찾아올게요."

"우리 현장에 못 오신 고리들이랑 또 한번 회포 풀어야죠? 저녁 9시쯤에 다 같이 큐앱 틀 테니까 조금만 기다려 주세요."

"아, 그리고 여러분."

내가 손을 들어 모두의 시선을 주목시켰다.

"저랑 윤찬이가 어떤 선물을 준비했어요."

'선물? 선물이라고?', '헐, 뭐야. 대박.' 등등 고리들의 호기심 어린 웅성임이 일었다.

"아, 맞아. 엄청난 선물이지."

고유준이 내 어깨에 팔을 올리며 고리들의 기대감을 더욱 증폭시켰다. 난 씨익 웃으며 윤찬이를 바라보았다.

윤찬이는 선물이 무엇인지 단번에 알아듣고 조금 긴장된 표정으로 굳어 있었다.

난 시선을 돌리며 입술에 검지손을 가져다 댔다.

"아직 뭔지는 말할 수 없는데, 아마 되게 좋아하실 것 같아요. 내일 기대해 주세요."

아마 오늘 고리들의 SNS에는 나와 윤찬이의 선물이 뭔지에 대한 추측글들이 줄줄이 올라올 것이다.

고리들은 상당히 똑똑한 사람들이라 콘텐츠를 아무리 꽁

꽁 숨겨 봤자 예상보다 훨씬 빨리 알아차리곤 했는데 이번에는 알아차리고 기대해 줬으면 했다.

게시 연기까지 되며 오랫동안 편집한 윤찬이의 솔로 라이브 영상 완성본은 현장을 지켜본 나마저도 모니터링을 잊고 그냥 감상만 했을 정도로 퀄리티가 엄청났다.

거기다 편집 단계에서 윤찬이 마이크 소리를 키웠는지, 단순히 영상에 음악을 덧씌운 정도가 아니라 박윤찬이 라이브하고 있음을 확실히 하고 있었다.

아마 YMM에서도 최근 조용하게 논란이 되고 있는 윤찬이의 실력에 대해 신경은 쓰고 있었던 모양이었다.

유독 윤찬이만 데뷔 때부터 실력 관련 논란이 있었던지라 이번 기회에 윤찬이의 솔로 영상에 힘을 실어 주는 방식으로 해명하려는 의도가 보였다.

거기다 영상미에 안무까지 제대로 공을 들였으니 이건 기대를 하고 봐도 기대 이상의 반응이 나올 게 뻔하지 않은가.

내가 호언장담하며 말하자 고리들의 궁금증 어린 목소리들을 더욱 거세졌는데, 주한 형은 씨익 웃으며 단호히 팬 미팅을 마무리했다.

팬 미팅을 끝으로 〈환상령〉의 활동은 진짜로 끝이 났다.

저녁, 우린 진성이의 주도로 소고기 회식을 했고 가볍게 술에 취한 주한 형의 잔소리를 들으며 숙소로 돌아왔다.

크로노스의 공식적인 3개월 휴식기가 시작되었다.

다음 날 저녁 5시 58분.

멤버 모두가 YMM 소회의실의 데스크톱 앞으로 모여들었다.

멤버, 매니저 형, 크로노스 팀 스태프들까지 모니터 하나를 둘러싼 채 들뜬 대화를 이어 나갔다.

"완성본 진짜 예술이야. 난 보면서 얘가 진짜 우리 애 맞나 했다니까?"

김 실장님이 드물게 주접을 떠셨다.

"어디 대형 소속사 애들도 이렇게 카메라에 잘 찍히는 애들은 드물어. 윤찬이는 역시 표정 연기가, 어?"

"실장님, 이번에 윤찬이 드라마 들어갔잖아요. 연기에 재능 있는 애들은 카메라 앞에서도 표정을 잘 만든다니까요."

"현우가 현장에서 직접 봐줬다고 했던가?"

실장님의 물음에 고개를 끄덕였다.

"네."

많이는 아니고 카메라 시선이나 제스처 등등을 조금 손봐 줬다.

"보컬 강조할 부분이랑 카메라에 예쁘게 나오도록 안무하는 포인트도 현우 형이 다 알려 줬어요."

맞다. 저것도 알려 줬었지.

윤찬이가 자연스럽게 자신에 대한 칭찬을 은근슬쩍 나한테 돌렸다.

그러자 진성이가 곧바로 흐름을 타 '크으!' 하고 감탄사를 날렸다.

"현우 형은 매번 무대 할 때마다 느끼는데 저런 거 어떻게 아는 거야? 타고난 거야, 아님 매일 거울 보고 연습하는 거야?"

"그러니까 내 말이. 가끔 보면 현우는 데뷔 5년 차 같다니까? 자기 무대 할 때도 시선 처리 좋다는 말 많이 듣지?"

난 순순히 고개를 끄덕이며 인정했다.

YU에서 근무할 당시 데뷔한 애들 쫓아다니며 모니터링, 피드백했던 게 데뷔하고 많은 도움이 되었다.

크로노스 멤버들은 실력도 뛰어날뿐더러 멤버마다 카메라 앞에서 표현하고 싶어 하는 게 분명하게 있었다.

그래서 섣불리 피드백하는 것도 좀 아닌 것 같아 지금까지 많은 조언은 하지 않았었지만 최근 윤찬이가 실력 논란에 기가 팍 죽어 있는 모습을 보고 있자니 짜증이 나서 오랜만에 눈에 힘주고 모니터링, 피드백을 해 주었다.

"곧 여섯 시예요."

내가 말하자 오가던 대화들이 뚝 끊기고 모니터로 시선이 집중되었다.

"업로드됐겠네~."

해리 누나가 흥얼거리며 새로고침을 하자 새롭게 떠 있는 영상 하나.

#YmmArtist #Yoonchan #Chronos
[Special Clip]윤찬(Yoonchan)-Forest(4K)

윤찬이의 솔로곡 라이브 영상이 공개되었다.

"워어어어어!!!!!!"

"이여어어얼!!! 박윤찬!!!!"

"……썸네일 되게 잘 나왔네."

"감사……합니다."

흥분해서 윤찬이를 흔들어 대는 고유준, 이진성과 영상이 뜬 순간부터 표정을 싹 굳히고 집중하는 주한 형.

난 가볍게 윤찬이를 토닥이고 썸네일을 클릭했다.

누구나 인정하는 YMM엔터테인먼트의 거의 유일한 장점은 다른 건 몰라도 무대만큼은 매우 진지한 태도로 임한다는 것이었다.

비록 투자는 잘하지 않아도 가진 것 안에서 최대한의 결과물을 만들어 내려고 노력한다.

예산이 없어 B급 노래를 가져왔지만 회사 소속 작곡가의 영혼을 갈아 A급으로 만들어 버린다거나 매번 와엠 욕을 달고 사는 고리들이 각 무대 퀄리티, 앨범 컨셉 및 뮤직비디오만은 회사를 무한 신뢰하는 것이 그 예다.

그런고로 무대에 진심인 YMM은 고리, 어쩌다 알고리즘을 타서 보게 된 사람을 제외하면 별 관심 없을 박윤찬의 솔로 라이브 무대에도 진심이었다.

"뭐야, 여기 어디야? 야외야?"

"네……. 야외에서도 찍고 세트장에서도 찍었어요."

"여기 어디야. 한국에 이런 곳이 있어?"

사람들이 연신 감탄을 했다. 상당한 퀄리티의 배경.

시원하게 펼쳐진 푸른 들판에 뽀샤시한 윤찬이가 댄서들과 함께 서 있었다.

뽀얀 화면, 스타일리스트 누나들이 예뻐 죽겠다며 단톡에 열심히 찍어 보내던 색채 짙은 메이크업과 머리에 붙은 형형색색의 실.

알록달록한 코디가 신기할 정도로 푸른 들판과 잘 어울려 시원한 여름을 단번에 연상케 했다.

"와, 윤찬이 형 아닌 거 같아."

"완전 퀄리티 장난 아니지? 비주얼 팀에서 얼마나 고생했는지 너흰 모를 거다."

"아니에요, 실장님. 윤찬이에 대한 애정을 담아! ……하하."

항상 조용히 공부하던 전교 1등, 알고 보면 잘생긴 모범생이 졸업과 동시에 안경을 집어 던지고 꾸미기 시작한 것 같은 색다름이 있었다.

　시원한 하늘과 바람 소리가 들려왔다. 그리고 화면에 'Forest'라고 흰 글씨가 떴다 천천히 사라졌다.

　"아, 긴장돼……."

　중얼거리는 소리에 뒤돌아 윤찬이를 바라보았다. 윤찬이는 입술을 잘근거리고 손가락을 꼼지락거리며 숨을 크게 들이켰다.

　한참 실력 논란이 일고 있는 와중 업로드한 라이브 영상이니 당사자가 얼마나 긴장될지는 굳이 물어보지 않아도 알 수 있다.

　글씨가 사라진 후 시원하게 풍경을 비추던 카메라가 천천히 윤찬이와 댄서들을 줌했다. 그리고 어느 정도 가까이 다가가다 뚝 화면이 전환되더니 윤찬이의 얼굴을 클로즈업했다.

　"와."

　주변 누군가의 입에서 반사적으로 감탄사가 튀어나왔다.

　난 자랑스러움을 숨길 수 없었다.

　저게 우리 크로노스의 비주얼이지~. 저 정도로 가까이 클로즈업을 하고도 여전히 예쁘고 잘생길 수 있는 사람은 그리 많지 않다.

"나 저렇게 춤 땡기고도 부담 없이 잘생긴 사람 처음 봐. 형 무슨 그래픽 같아."

화면은 다시 전환되어 하늘에서 윤찬이와 댄서 모두를 담았다. 그제야 흘러나오는 곡 〈포레스트〉의 전주.

아까까지만 해도 윤찬이 혼자만 긴장하고 있었다면 이번에는 내 입술마저 바짝 말라 들어갔다.

내가 작곡 작사한 곡. 트로피컬한 기타음과 함께 안무가 시작되었다.

확실한 안무가 들어가는 댄스곡이지만 소속사 사람들 중 윤찬이의 댄서 실력이 아직 솔로로 내세우기에 부족하다는 걸 모르는 사람은 아무도 없다.

그래서인지 안무가 시작되자마자 안무보다는 윤찬이 얼굴 중심으로 잡히는 컷이 많아졌다.

그러나 그것도 촬영할 때 감독님 옆에 앉아 있던 나나 알고 있는 거지, 모르고 보면 별로 위화감을 느끼지 못할 정도의 교묘한 편집이었다.

거기다 화면 속 윤찬이는 진짜 너무 비주얼적으로 엄청나서 오히려 좋아하는 사람들이 많을지도 모르겠다.

대신 잘 춘 부분이나 포인트 안무 등은 제대로 보여 줘서 춤 실력이 부족하다는 생각도 전혀 들지 않았다.

"시선 처리 좋고~. 근데 진짜 잘 찍었다. 무슨 뮤직비디오 보는 느낌인데요."

고유준의 말에 김 실장님이 껄껄 웃으며 고유준의 어깨에 손을 올렸다.

"이거 반응 좋으면 유준이 솔로곡도 저렇게 제작 고려해 볼 테니까."

"어, 진짜요? 〈Hide room〉 말씀하시는 거죠?"

"그럼 그럼. 아, 그것도 현우가 만든 곡이네?"

김 실장님이 생색에 가까운 진심을 꺼낼 때 뒤에 선 비주얼 디렉터님, 마케팅 기획 팀장님이 부들거리며 김 실장님을 노려보고 쌩하니 영상으로 눈을 돌렸다.

개고생한 건 우린데 왜 생색은 네가 내냐는 듯한 눈빛이었다.

파릇한 설렘이 시원하게 불어와
나뭇잎이 바람과 노래하고
너와 나를 재촉해
잊지 못할 첫사랑이 될게
sunshine, My forest

펼쳐진 들판에서 시원한 바람을 맞으며 더없이 밝은 표정으로 노래를 부르는 윤찬이. 언제나 점잖고 얌전한 모습만 보이는 녀석이다 보니 보는 내내 고리들 정말 좋아하겠다 싶었다.

다정한 미성의 목소리가 반주보다 미세하게 크게 조절되어 또랑또랑하게 들려왔다.

몇 부분은 후편집으로 커버한 듯하긴 하지만 숨소리, 안무에 따른 약간의 흔들림이 확실히 라이브라는 걸 알려 주고 있었다.

'저렇게 잘 부르는데 무슨 실력이 어쩌고⋯⋯.'

컨디션 안 좋은 때의 무대 실수만 싹 모아 가지곤.

후반엔 화면이 바뀌어 세트장에서의 라이브가 이어졌다.

편집을 거친 것치곤 가혹할 정도로 목소리가 드러나는 생라이브였지만 노력한 만큼 완벽하게 소화했다.

상황이 그렇게 쉽게 변하겠냐마는 이걸로 윤찬이 논란도 좀 사그라들고 고리들도 우리들의 실력에 좀 더 확신이 생기길 바랐다.

Forest

곡이 끝난 뒤 이번엔 검은 글씨로 제목이 올라가고 마지막까지 클로즈업하며 윤찬이의 뛰어난 비주얼을 강조한 후 영상이 끝났다.

아무 신호가 없었음에도 일제히 박수가 쏟아져 나왔다.

고생한 스태프 자신, 고생한 윤찬이에게 보내는 말없는 찬사였다.

"윤찬이 정말 고생 많았어. 너무 잘하네."

박수 소리 사이로 주한 형의 조곤한 목소리가 들려왔다. 그 순간 윤찬이의 고개가 팍 숙여졌다.

"감사……합니다……."

부들거리는 어깨, 물기 젖은 목소리는 누가 봐도 울고 있는 사람의 것이었다.

"야! 왜 울어! 누가 그랬어!"

고유준이 일부러 더 오버해서 윤찬이를 달래기 시작했고-

"아, 형…… 아, 진짜, 형, 아, 진짜…… 끄읍……."

왜인지 갑자기 이진성이 울기 시작했다.

주한 형과의 감정 다툼, 그간 여러가지 일들로 인한 마음고생이 심했으니 윤찬이야 울 수도 있다지만 진성이는 왜 윤찬이보다 오열하고 있는 것이며…….

주한 형은 왜 씁쓸한 얼굴로 귀를 빨갛게 붉힌 것이고 고유준도 울컥한 얼굴인지.

아니 다들 착하고 순한 사람들이니 뭐 그럴 수도 있다.

"……실례하겠습니다."

근데 수환 형은 왜 갑자기 뒤돌아 얼굴도 안 보여 주고 회의실을 나가는 거지.

아니다. 수환 형도 멤버나 다름없이 우릴 아껴 주니까 나도 감동 많이 했고 찡함이 있었으니 측근들은 그렇다 치면 되는데.

"이것들이 왜 이래? 오버한다, 진짜."

다른 사람들은 다 괜찮아도 김 실장님은 도대체 왜? 왜 눈물을……? 왜?

"정드니까 울지 마, 이놈들아!"

"……."

어쨌든 축축한 분위기 속에 윤찬이의 솔로 라이브 영상 관람회는 성공적으로 마무리되었다.

♫

"일어났냐."

"……어."

고유준이 푹 잠긴 목소리로 방에서 나와 소파 위로 뻗은 내 다리를 치우고 앉았다.

"와, 진짜……."

안 그래도 푹 잠긴 목소리에 가뜩이나 안 좋은 인상이 퉁퉁 부어 더 안 좋아졌지만 고유준은 꽤 기분 좋아 보였다.

"개꿀잠. 미쳤어. 와."

오랜만에 수면다운 수면을 취하신 게 상당히 좋은 모양이다.

난 어이없어 힘없이 웃으며 애매하게 뒤틀려 내려간 다리를 다시 올려 고유준의 몸 위에 두었다.

〈환상령〉 활동이 마무리되고 우린 휴식기를 맞았다.

물론 윤찬이나 나는 아직 개인 스케줄을 소화하고 있지만 앨범 활동이 마무리된 것만으로 굉장히 여유가 생길 것이다.

"방학 첫날 맞은 기분이야, 지금. 좀 더 자고 올까. 머리 아프겠지 그러면?"

"자고 싶으면 자."

난 잠에 덜 깬 채 말하는 고유준에게 대충 대답해 주며 너 튜브를 틀었다.

"너 봤냐? 윤찬이 꺼 조회 수."

"아니 왜. 잘 나오냐?"

고유준에게 휴대폰 화면을 보여 주었다. 고유준은 윤찬이 썸네일을 보며 잠결에 봐도 미친 얼굴이라며 감탄한 뒤 조회 수를 보고 뒤집어졌다.

"뭐야, 갑자기 조회 수가 하루 만에 왜 이렇게 뛰었대?"

"왜긴, 떡상하셨어요. 알고리즘을 타고."

인간적으로 크로노스를 싫어하는 사람을 제외하고 아이돌에 관심 있는 사람들 중, 아니 아이돌에 관심 없어도 이런 비주얼을 보고 썸네일 클릭 안 해 볼 사람이 어디 있을까.

이게 바로 우리 크로노스의 비주얼 담당이다.

적어도 윤찬이 실력 논란 영상을 실수로라도 클릭한 사람들에겐 모조리 추천되었을 테니 윤찬이의 솔로 라이브 영상은 알고리즘의 선택을 제대로 받았고 영혼을 갈아 만든 썸네일이 눈에 들어오는 순간 클릭을 안 할 수 없었을 것이다.

그렇게 유입된 시청자가 상당히 많았고, 그 여파로 공유, SNS 이슈로 따라붙은 조회 수, 고리들이 시청해서 나온 조회 수.

무엇보다 썸네일 외에도 영상 퀄리티가 상당했기에 반복 재생하며 나오는 뷰 수.

이번 기회에 고리뿐 아니라 윤찬이 얼굴 장난 아니라고 대중에게도 제대로 어필된 모양이었다.

－다시 한번 깨달았는데 나는 얼빠였다

－ㄹㅇ썸네일에 홀려서 들어옴

－1:37

－이렇게 잘하는데 왜 실력부족이라는 거임?

－윤찬아ㅜㅜ표정연기나 춤선이나 노래 정말 너무 잘한다ㅠㅠ착장, 컨셉, 미모 완벽해……ㅠㅠㅠㅠ

－표정연기:현우, 춤선:진성, 노래:유준이가 가르쳐 준 건갘ㅋㅋ하나씩 멤버 연상되는 부분이 있넼ㅋㅋㅋ

－그럴 수도 있겠지만 윤찬이는 '원래'잘했으니까요～ㅎㅎ

－네 저도 알아요

－00:08아니 저 의상에 저 표정에 저 배경은 너무하잖아ㅜㅜㅜ너무 좋아……

―와엠에서도 이를 갈고 만든듯……지금까지 말같지도 않은 실력논란에 얼마나 억울했으면 마이크 소리 확 키워서 생라이브로 영상 만들어 올렸겠냐..억까 세상에서 소멸됐으면……

정말 놀랄 정도의 화제성이었다.

윤찬이의 영상이 알고리즘에 뜬 사람들이라면 평소 연예계에 관심이 있는 사람일 확률이 높았다.

크로노스에게 관심을 가지고 있었거나 윤찬이의 썸네일을 보고 영상을 클릭한 사람들이 하나둘씩 모여 조회 수를 올리고 댓글을 달고, 각 커뮤니티에 퍼 날랐다.

논란될 여지가 없는 완벽한 영상.

―얘 평소 라이브하는 것보면 엄청 흔들리던데 목소리 좀 만지고 올린 걸껄

―제발 모르면 입좀쳐 다물어라……논란된 그게 주작이라고 제발..원본 다 떴는데 아직도 저런말 하는 사람이 있네

―근데 보이스 만진 건 맞는 거 같은데? 00:31 여기는 확실함. 누웠다 저런 안무를 하면서 일어났는데 흔들림이 하나도 없다고?

그럼에도 억지로 논란을 만들어 내려는 사람은 있었다.

'익숙하지 뭐.'

난 한숨을 쉬며 휴대폰을 내려놓았다. 그리고 진성이와 함

께 오랜만의 〈라스푸틴〉 삼매경인 윤찬이를 바라보았다.

윤찬이는 솔로 라이브 영상이 업로드된 이후 반응을 확인하지 않았다.

악플 하나하나 전부 가슴에 담는 윤찬이 성격에 참 잘한 선택이라고 생각했다.

"윤찬아, 너 라이브 영상 인기 급상승 2위야. 반응 좋다?"

대신 긍정적인 반응들은 멤버들이 알아서 윤찬이에게 전해 주고 있는 상황이다.

"아, 정말요? 다행이다……. 현우 형이 만들어 준 곡이고 그렇게 많이 도와주셨는데 혹시라도 반응 안 좋으면 어떻게 하나…… 후우, 걱정했거든요."

"……반응이 안 좋을 수가 있냐."

심적, 육체적 여유만 있으면 〈라스푸틴〉을 추면서도 저렇게 흔들림 없는 대화를 이어 나갈 수 있는 녀석인데.

윤찬이의 〈라스푸틴〉은 날이 갈수록 능숙해지고 있었다.

"두 분, 실례가 안 된다면 동영상 좀 찍어도 되겠습니까?"

"네? 네에."

삑- 또롱-.

함께 있던 태성 매니저님이 윤찬이와 진성이의 앞으로 가더니 갑자기 동영상 촬영을 시작했다.

응? 어쩐지 이런 장면 자주 본 적 있었던 것 같은데?

"저거 왜 찍으시는 거냐?"

내가 묻자 고유준이 톡톡톡톡 휴대폰을 두드리며 대충 대답했다.

"수환 형이 부탁했대. 아무튼 파랑새에 올릴 만한 상황 있으면 사진이든 영상이든 남기라고."

"아아."

난 또. 수환 형이 부탁했다고 하길래 개인 소장하시려나 했더니.

장기 휴식기 동안 고리들이 조금이라도 덜 기다릴 수 있도록 파랑새 업로드 수를 늘리시려는 건가 보다.

"그나저나 서현우 오늘도 지혁 형이랑 게임하냐? 할 거면 나도."

"아니 오늘은 안 해."

활동으로 생활 리듬이 망가져서 기면증이 의심될 정도로 제멋대로 졸음이 오는 지라.

좀 더 잘까 망설이고 있었다.

휴식기라고 해도 나나 윤찬이는 드라마 활동이 있고 예능에, 레나 선배님과의 협업도 진행되고 있는 터라 좀 여유로운 활동기일 뿐이다.

오늘처럼 정말 아무것도 안 하는 날은 별로 없을 예정이라 나에겐 정말 소중한 수면 시간이니까.

그때 현관문 열리는 소리가 들려왔다.

"나 왔어. ……또 〈라스푸틴〉이야? 어머니께서 반찬 싸주

셨는데 지금 밥 먹을래?"

본가에 갔던 주한 형이 돌아왔다. 주한 형은 양손 가득 들고 온 반찬거리들을 식탁에 올려 두곤 벌써 5회째 반복 중인 〈라스푸틴〉을 전원째 꺼 버렸다.

"아!"

"뭐가 아! 야. 몇 번을 해도 윤찬이한테 질 거면서. 밥이나 먹어. 어머니께서 밥까지 같이 싸 주셨어."

"어, 진짜? 헐, 미역국도 있어!"

"우리 큐앱에서 미역국 만드는 것 보고 기절하시는 줄 알았다고 하시잖아. 그런고로 앞으로 미역국 만들기 금지."

주한 형은 본가에 가 있었던 동안 우리에게 하고 싶은 말을 쌓아 뒀는지 우르르 잔소리를 쏟아 냈다.

"현우는 또 자려고 했지? 그만 자."

"어?"

"그거 진짜 졸려서 자는 게 아니고 기면증으로 가는 거라더라. 아, 그리고 전화 하려다 말았는데 유준이 파랑새 업로드 자주 하는 건 좋지만 다른 멤버 사진 말고 네 사진도 좀 올려."

"아, 옙. 형님. 바로 올리겠습니다."

"진성이는…… 됐고. 윤찬이 인기 급상승 동영상 2위더라? 잘했어."

아, 잔소리는 나랑 고유준만 들었다. 나와 고유준은 잠자코 고개를 끄덕이며 보자기를 풀어 반찬을 냉장고로 옮겼다.

"아, 왜 나한테는 아무 말도 안 해? 나한테는 할 말 없어? 진짜야? 실화?"

진성이는 잔소리 안 해도 싫다며 주한 형한테 달라붙었고 주한 형은 벌크업 금지가 풀린 진성이의 박치기에 잠깐 날아 갔다 돌아왔다.

"그래그래, 진성이는 다 잘했어. 〈라스푸틴〉 잘 추더라."

주한 형은 대충 진성이를 칭찬해 주곤 미역국을 데웠다. 주한 형과 함께 들어와 이 모습을 지켜보던 수환 형이 말했다.

"식사 맛있게 하시고 후에 잠깐 말씀드릴 것이 있습니다."

"……."

"잠시 저에게 시간을 내주세요."

수환 형을 무안하게 할 의도는 없었는데 분위기에 맞지 않을 만큼 수환 형의 표정과 말투가 몹시 굳어 있어 모두 제 타이밍에 대답을 하지 못했다.

"네, 알겠어요."

멤버들 대신 주한 형이 빠르게 대답했다. 대답한 주한 형도 꽤 의미심장한 표정을 짓고 있었다.

그러자 멤버들이 주한 형과 수환 형 몰래 일제히 날 바라보았다.

'뭐, 왜.'

입 모양으로 말하자 세 사람이 제각기 눈썹을 까딱거렸다.

'무슨 이야기 할 건지 알아?'라고 묻는 듯한 눈빛이었다. 서브 리더라고 자신들보다 더 아는 내용이 있는 줄 아는 모양이다.

난 어깨를 으쓱였다.

그야 당연히 알고 있다.

확실하진 않지만 수환 형이 하려는 말이 무엇인지는 대충 예상하고 있긴 하다.

콘서트 소식 아니면 수환 형이 계속 매니저를 맡을 것인가에 대한 이야기겠지.

요즘 태성 매니저님의 업무가 서서히 늘어나면서 멤버들 사이에 수환 형이 곧 인수인계를 끝내고 가 버리는 게 아닌가 하는 이야기가 떠오르고 있었으니.

"다들 그릇 가져와."

식사를 하는 멤버들은 한층 조용해졌다.

아까 전 열심히 〈라스푸틴〉을 하고 주한 형이 왔다고 좋아서 떠들어 대던 사람들이 맞나 싶을 정도로 침묵이 감돌았다.

간혹 '맛있다.'라는 말이 튀어나왔지만 주한 형의 어머니께서 만들어 주신 요리에 대한 이야기 외에 다른 주제는 나오지 않았다.

멤버 모두 영문을 몰라 하는 느낌이었지만 다들 은연 중

어떤 이야기를 하기 위해 수환 형이 진지한 얼굴로 시간을 내 달라 부탁하는지 짐작하고 있을 것이다.

평온한 척 긴장감이 맴도는 식사가 끝나고 그릇으로 가득했던 식탁이 치워지고 난 후 수환 형이 슬쩍 말을 꺼냈다.

"얼마 전 멤버들 간 있었던 일에 대해서 매니저로서 책임감을 느끼고 있습니다."

얼마 전 멤버 모두 예민해진 상황에 있었던 감정 다툼에 대한 이야기였다.

"아, 아이, 형이 거기에 무슨 책임이 있어요!"

"마, 맞아요······. 그건 다 제 탓인데······."

막둥이들 표정만 보면 이미 수환 형이 관둔 소식을 들은 듯한 표정이다. 진성이와 윤찬이는 벌써 걱정 가득 팔자 눈썹을 만든 채로 수환 형에게 수환 형의 책임에 대한 변명을 해댔다.

"······수환 형 혹시 관두시는 건 아니죠?"

고유준은 조금 굳은 채 애써 미소 지으며 물었다. 여기서 입을 다물고 상황을 지켜보는 건 나와 주한 형, 그리고 태성 매니저님뿐이었다.

수환 형은 멤버들의 말을 전부 들은 뒤 입을 열었다.

"······그 이야기는 조금 뒤에 말씀드리겠습니다. 그것보다 우선, 그에 대한 책임을 지려 합니다."

"책임! 무슨 책임이요오······."

진성이는 이미 수환 형의 손을 양손으로 붙들고 달랑달랑 매달려 있었다.

　수환 형은 익숙하게 그런 진성이를 내버려 두고 말을 이어 나갔다.

　"며칠 뒤 현우 씨는 레나 씨와의 녹음 일정이 잡혀 있습니다만, 이 스케줄이 끝난 뒤 크로노스와 매니저들까지 해서 3일 정도 펜션 휴가를 가는 건 어떨까요?"

　"······엥."

　생각 못한 말이 갑자기 튀어나왔다. 펜션 휴가? 이 멤버들끼리? 갑자기?

　대답이 없는 멤버들을 보며 수환 형이 말했다.

　"예전 〈크로노스 히스토리〉에서 펜션에 다녀온 걸 봤습니다. 다들 솔직해지는 시간이 있더라고요. 회포도 풀 겸 저희 매니저들과 함께 가시죠."

　"어어어어······ 좋죠! 완전 좋죠! 가요!"

　"펜션 가면 수환 형도 주한 형처럼 말 놓기~."

　멤버들은 일부러 더 과장해서 찬성했다. 여행도 좋아할뿐더러 수환 형이 관둔다는 말보다 훨씬 반가운 말이 아닌가.

　수환 형은 대수롭지 않게 고개를 끄덕이고 말을 이었다.

　"그리고 전 앞으로 계속 크로노스의 매니저를 맡을 겁니다."

　"······와."

"예쓰!!!! 따악!!!! 하압!!!!"

고유준이 벌떡 일어나며 두 주먹을 움켜지고 기쁨을 표현했다. 막둥이들은 거의 수환 형 양쪽 어깨를 하나씩 맡아 매달려선 찔찔 투정을 부렸다.

"미리 말해 줬어야죠! 우리가 얼마나 걱정했는데……."

"형 가면 진짜 어떻게 하나 마음 졸이고 윤찬이 형이랑……."

"여건이 되지 않았습니다. 아무튼."

수환 형은 자신의 매니저 고정 소식에 멤버들이 너무 주접을 떨자 민망한 듯 귓볼을 빨갛게 물들인 채 아무렇지 않은 척 말을 이어 갔다.

"다녀온 뒤엔 크로노스 다음 일정에 대한 회의가 있을 예정입니다. 큰 발표가 있을 거예요. 미리 말씀드리자면 여러분들의 단독 콘서트에 대한 이야기입니다."

이것이 가장 중요한 전달 사항이었다.

수환 형을 부둥켜안고 있던 진성이가 벌떡 일어났다.

"저희 콘서트 해요?"

"네, 합니다. 기간은 많이 남았지만 준비하기까지 많은 시간과 노력을 들여야 할 겁니다."

"헐? 주한 형이랑 서현우는 알고 있었어?"

고유준이 내 팔을 툭 건들며 물었다.

"알고만 있었지."

탁-.

주한 형이 식탁을 손바닥으로 쳐 소리를 만들어 냈다.

"그런고로 이번 휴가는 단순한 휴가가 아니란 거야. 컨디션 회복 겸 콘서트 준비를 위한 휴가. 휴가라고 말은 붙였지만 콘서트를 위한 비공식 일정은 있을 예정."

난 멤버들을 둘러보았다. 주한 형의 말에 멤버들의 반응이 궁금했기 때문이다.

좋아할지 아니면 모처럼의 휴가인데 알고 보니 완전 휴가가 아니라서 싫어할지, 단순히 이유 없이 반응이 궁금했다.

"아이~ 미리 말을 하지."

그런데 내가 상상한 것 이상으로 멤버들이 히죽거렸다.

"저희 콘서트 해요? 하하핫! 이것 참, 진짜요?"

"해외도 막 돌고요? 아, 정말. 이걸 매니저 형이랑 리더 형들만 알았어?"

"해외는 안 돌고 국내 콘서트입니다."

무려 첫콘 해외 투어를 상상한 진성이의 말을 악의 없이 단호하게 뭉개 버린 수환 형은 아직 정확하지 않은 콘서트 시기를 말해 주곤 대화를 마무리했다.

고유준이 자리에서 일어났다.

"저는 어쨌든 좋아요. 그래도 일주일은 진짜 휴가고 콘서트에 신경 쓰는 편이 훨. 무엇보다."

찡긋. 고유준의 윙크와 수환 형을 가리키는 손짓에 멤버와 매니저 형들의 표정이 썩었다.

"수환 형이 이제 우리 차지가 되었으니깐? 하하하."

이상한 말투로 말하고는 콧노래를 부르며 화장실로 향했다.

"……각자 일할까?"

"네."

모두 고유준을 무시하고 식탁에서 일어나 각자 할 일을 시작했다. 고유준은 화장실에서 변기 붙잡고 춤이라도 추고 있겠지.

난 방으로 돌아와 메일로 들어온 레나 선배님의 자작곡을 들으며 가사를 중얼거렸다.

〈환상령〉도 끝이 났고, 캘리아 로렌스와의 곡 녹음도 마무리되었고 이제 콘서트 전까지 남은 일정은 빌어먹을 〈뉴비공대〉랑 레나 선배님과의 협업뿐인데 이게 상당히 어렵다.

레나 선배님이 보내 준 곡은 평소 레나 선배님께서 자주 내시는 중세 판타지풍의 노래인데 레나 선배님은 이곡에 내는 목소리를 정확히 지정해 주었다.

〈원스 어겐〉 혹은 픽위업 경연 때 불렀던 〈달바다〉 도입부의 목소리를 유지하며 불러 달라고 했다.

〈원스 어겐〉이든 〈달바다〉든 내가 부른 내 목소리니 목소리를 내는 것 자체는 별로 어렵지 않았는데, 가장 공을 들여

부를 때의 목소리로 힘을 유지하며 레나 선배님 곡 특유의 감정까지 살리는 건 여간 어려운 일이 아니었다.

이건 내가 트레이너였든 아니었든 똑같이 어려울 수밖에 없다.

레나 선배님은 내 트레이너로서의 경력을 훨씬 뛰어넘은 경험과 실력을 가지고 계시니까.

그리고 레나 선배님이 '따로 레슨해 줄게. 마음 편하게 먹고 녹음실로 와. 하루 종일 붙잡고 부르면 원하는 대로 나오긴 나와.'라는 말을 무척 태연하게 하는 걸 보고 살짝 겁이 남과 동시에 '아, 이게 프로구나.' 하고 생각했다.

"어려워, 어려워."

"뭐가 어려움?"

"……와악! 이런-."

깜짝이야.

"어? 욕하려고?"

고유준이 갑자기 튀어나와 얼굴을 들이밀었다. 언제 들어왔던 건지 기겁하며 놀란 내 앞에서 헛웃음을 터트리곤 옷장을 뒤적거렸다.

"난 분명 인기척 냈다. 네가 못 들은 것뿐이다."

"……심장 아파. 와……."

"네 집업 좀 빌려 간다. 것보다 뭐가 어려운데. 노래?"

고유준은 내 집업을 자신의 어깨 한쪽에 걸친 채 내 옆에 걸터앉았다.

"딱히 어렵다기보다는, 감정 잡고 최대한 공들여 불러야 해서 아마 녹음 엄청 길어질 것 같은데. 아."

그냥 집업 주고 얼른 내보내려던 생각이 바뀌었다. 고유준은 우리 그룹 최고의 보컬리스트 아닌가.

내가 표정 연기 등으로 호평을 받고 있다면 고유준은 보컬의 깊이와 표현력으로 극찬을 받고 있다.

특히 해외에서 고유준의 노래를 굉장히 좋아하는 편이라 방영 중인 〈비갠 뒤 어게인〉 클립 영상 중 퍼포먼스, 직캠은 내가, 솔로곡은 고유준의 조회 수가 월등히 높았다.

그런 의미로 목소리 표현력이 좋은 고유준에게 묻고 싶었다.

"너는 감정 어떻게 잡는 편이야?"

"감정? 그냥- 음……."

고유준이 심각한 표정으로 고민하기 시작했다. 딱히 생각해 본 적은 없는 기색이었다. 타고난 것도, 연습하고 부딪치며 몸으로 깨우친 것도 있을 테지.

"네가 지금 고민하는 게 감정 잡는 법이야? 너 감정 되게 잘 잡는데."

"뭐……."

레나 선배님이 요구하는 수준은 단순히 감정 잘 잡는 것을 넘어서 듣는 사람의 마음까지 사무치게 외로워지도록 만들길 원하는 것 같아서.

"전주 시작되면 가사나 멜로디에 완전 집중하는 거 외에 뭐가 있겠냐."

"아, 니 녀석은 내가 생각하는 것보다 천재야. 짜증."

내가 일부러 툭 말하자 고유준이 낄낄거리다 다시 점잖게 말을 이어 갔다.

"부르기 전에 가사를 쭉 읽으면서 상황 메이킹은 하는 듯."

"상황 메이킹?"

"없던 첫사랑한테 차인 상상, 없는 연인한테 바람맞은 상상 뭐, 팝송을 부를 땐 내가 평생 안 갈 것 같은 호화로운 클럽바에서 친구들이랑 먹고 마시는 그런 거? 생각하고 들어가."

"……좋은 방법이네."

고유준이 고개를 끄덕였다.

"가사랑 멜로디에 의지해서 감정 만드는 것도 한계가 있더라고."

"그래, 그렇구나."

많은 도움이 되었다. 고맙다 등의 뒷말을 붙이려 했다.

그러나 하지 못했다.

고유준의 입꼬리가 또 슬그머니 씰룩거리고 있었기 때문이다.

"나 한 가지 생각났어. 이거는 내가 진짜로 감정 안 잡힐

때 진짜, 뻥 안 치고 썼다가 의외로 잘 먹혀서 가끔 사용하는 필살기거든."

하여튼 입만 벌리면 장난치고 싶어선.

"어휴…… 뭔데."

"표정은 바꾸는 거야. 눈썹을 이렇게."

고유준의 눈썹이 완전한 팔八자를 이루었다. 팔자 눈썹, 씰룩이는 입술.

와.

"너 지금 장난 아니야. 엄청 못생겼다."

"아니 진짜로 이렇게 해서 불렀다니까? 웃기긴 한데 진짜임. 나 예전에 불렀던 〈지나간〉 그거. 그렇게 불러서 나온 거임."

〈지나간〉은 우리가 연습생이었던 시절 고유준이 불러 월말 평가에서 처음으로 1위를 차지했던 곡이다.

그 월말 평가에 그런 비하인드가 있었다니…….

"……일단 알았다. 고맙다."

"오냐. 집업 가져감. 우리 고딩 때 친구 만나러 가는데 영통 하면 받아라."

"어."

고유준이 방을 나갔다.

난 다시 누워 이어폰을 꼈다. 일단 고유준이 했다는 상황 메이킹부터 해 봐야겠다.

"으음, 좋아. 목소리 너무 좋다 현우야. 다시."

선칭찬 후반려.

마음이 조금 꺾였다.

레나 선배님과 만나 녹음을 시작하고부터 2시간째. 예상대로 다시, 다시, 다시만 수백 번은 들었다.

"좀 더 슬퍼도 될 것 같거든? 완전 읊조리는 느낌으로 불러 볼래? 여전히 밝아."

"아, 여전히요?"

불러도 불러도 목소리가 물렁하다거나 부드럽고 밝다는 말만 계속 들었는데 내가 생각하는 것보다 훨씬 더 강하게 불러야 하는 모양이다.

"아주 감정을 내뱉어. 욕 나올 정도로 슬픈 거야. 막. '시이 발!!! 너무 슬퍼!!! 죽을 것 같아!!! 니 새끼 때문이야!!!' 이런 수준으로."

레나 선배님의 말에 괜히 곁에 있던 건호 선배님이 움찔 어깨를 떨며 레나 선배님의 눈치를 봤다.

"그래서 미친 듯이 화를 내고 집에 물건 다 집어 던지고 한 뒤에 창밖을 보니까 이미 밤이야. 집은 엉망이고 내 모습도 엉망이고. 그대로 침대에 올라가서 한참 가만히 있다가 거칠어진 숨이 좀 진정된 후에 멍하니 창문을 보면서 '그래도 보고 싶다' 하는 느낌으로."

"네……."

"다 포기하고 체념한 읊조림이라 많이 지치고 힘없는 목소리로 들어가야 해."

직접 욕까지 써 주며 말해 주시는데 솔직히 여전히 난 감을 못 잡았다. 여기서 더 감정이 나올 수 있나……? 그렇게 섬세한 감정을 내면서 노래를 부를 수가 있다고?

더 믿을 수 없는 건 아직 도입부 녹음 중이라는 것이다.

하루 종일 붙잡고 있겠다는 말은 겁주려는 게 아니고 사실이었다.

"한번…… 다시 해 볼게요."

"좋아. 이번에 해 보고 정 안 되면 나와서 이미지 메이킹하고 들어가자. 내가 도울게."

난 입을 다문 채 크게 숨을 쉬었다.

일단 내 한계는 또렷하게 느껴지고, 얼굴 없이 오직 음악으로 승부해야 하니 실력에 타협을 볼 수는 없다.

이 방법밖에는 없다.

'난 차였다. 그것도 어마어마한 배신을 당해서 처절하게 차인 거다. 울고불고 생난리를 치고 화도 내고. 그런데도 네가 너무 보고 싶어. 한번만 다시 만나서 이야기해 보고 싶어.'

"음악 틀게."

"네."

다시 곡이 재생되자 난 머릿속으로 달달 외웠던 이론적 감성을 마음에 집어넣으며 팔자 눈썹과 함께 노래를 시작했다.

무슨 꿈을 꾸나요
어둠이 차갑게 가라앉아요
눈을 뜨면 밤이 눈을 감으면 그대가 보여요
참을 수 없이 마음이 아파

내 나름 최선을 다해서 슬픔을 읊조려 보았다.

'뭐야? 갑자기 감정 표현 잘하는데?' 하는 드라마틱한 일이 고작 팔자 눈썹을 한다고 이루어질 리 없지 않은가.

고유준이 자신의 노하우라고 알려 줬던 팔자 눈썹 기법은 하등 쓸모없었다.

"현우야, 갑자기 왜 그래? 목에 힘이 더 들어간 것 같은데."

"네……. 죄송합니다."

오히려 목에 힘이 들어가는 바람에 울다 지친 느낌이 하나도 나지 않는다고 지적만 받았다.

될 리가 없지. 고유준 그 자식, 장난치고 싶어 입꼬리를 씰룩거리던 때부터 알아봤어야 했는데.

사람들에게 들키지 않도록 작게 한숨을 쉬었다. 고작 도입부인데 감정을 못 잡는다는 이유로 몇 시간째 이러고 있다니.

크로노스의 곡을 녹음할 때와는 정반대의 상황이라 좀 눈앞이 컴컴한 기분이다.

결국 레나 선배님이 녹음 부스에서 나오라고 손짓했다.

"잠깐 쉬다가 할까?"

도리어 목에 힘이 더 들어가자 여기서 더 이어 나가 봐야 역효과만 날 것으로 생각하신 모양이다.

내가 부스에서 나오자 레나 선배님은 자신의 휴대폰을 뒤적거리며 말했다.

"1층에 카페테라스 있거든? 거기 가서 뭐라도 마시면서 내가 곡 몇 개 추천해 줄 테니까 듣고 감정 좀 잡아 봐."

"네. 선배님. 죄송합니다."

"아이, 안 죄송해도 돼."

건호 선배님이 레나 선배님 대신 대답했다.

"레나 얘는 원래 녹음할 때 이 정도 걸려. 되게 까다로워도 결과물은 좋잖아."

나도 그랬었어. 건호 선배님은 레나 선배님이 들리지 않을 만큼의 목소리로 속삭였다.

주변을 둘러보았다.

녹음 시간이 길어지고 있음에도 모두 지친 기색이 없었

다.

아니, 지친 기색은커녕 아무렇지 않아 했다. 사람들의 표정을 보아 도입부부터 이렇게 오래 반복 녹음하는 일이 상당히 흔한 일인 모양이었다.

내가 유독 못해서 민폐를 부린 건 아닌 것 같아 그나마 다행이었다.

"잠깐만, 내가 카드 줄게. 맛있는 거 먹어."

"아니에요, 선배님! 제가 사 먹을게요. 너무 죄송해서."

"아이, 뭘 또. 잠깐만~."

레나 선배님은 기어코 지갑을 꺼냈다. 다행히도 그때 수환 형이 나서서 레나 선배님의 카드 대신 YMM의 법인 카드를 쥐여 주었다.

"그럼 잠시 다녀오겠습니다."

난 카드를 들고 혼자 카페테리아로 향했다. 수환 형이 같이 가려고 했지만 나 혼자서 생각하고 감정을 잡게 해야 한다며 레나 선배님이 수환 형을 붙잡았다.

하지만 나 혼자 카페테라스에 앉아 온종일 음악을 듣는다고 해도 크게 달라지는 건 없었다.

그도 그럴 게 이미 할 수 있는 이미지 메이킹은 녹음실에 오기 전, 녹음실에서 다 했었다.

언제나처럼 최선을 다해 이미지 메이킹을 하고 최선을 다해 노래를 불렀건만 부족하다는 소리를 들은 것이었다.

'감을 잡지 못하는 게 아니고 그냥 내 실력이 부족한 걸지도.'

그럼 좀 슬퍼지는데.

테이블에 있는 아메리카노는 눈에 보이지도 않았다. 내 신경은 오로지 이어폰을 통해 흘러나오는 음악에 집중되어 있었다.

뭐가 문제지? 뭐가 문제일까? 문제가 없고 실력이 부족한 거라면 어떻게 하지?

오만가지 생각과 걱정을 하고 있을 때 고막을 파괴할 듯 울려 대는 시끄러운 벨소리.

"……."

아악.

한껏 인상을 찌푸린 채 마음속으로 소리치고 내 고막을 파괴한 사람이 도대체 누구인지 휴대폰 화면을 확인했다.

개

고유준이었다.

오늘 영상통화 한다더니 어떻게 쉬는 시간 타이밍에 맞춰 연락을 해 왔다.

난 주변을 확인하고 전화를 받았다.

-여어! 뭐야, 얘 현우 맞아?

-맞아 맞아. 밖이냐? 마스크, 모자 둘둘 뭐냐?

참고로 고유준이 말하는 고딩 때 친구란 〈졸업합니다〉에서 만난 녀석들을 보고 하는 말이다.

난 고유준이 굳이 영상통화까지 시켜 줄 만한 고등학교 친구가 없다.

희수와 준환이가 화면 가득 얼굴을 들이밀고 손을 흔들었다. 두 사람의 뒤로 여전히 인상은 더러우나 이런 모임엔 꼭 참가하는 이철민도 보였다.

"잘 지냈어?"

-당연히 잘 지냈지. 너는 잘- 아니다. 너흰 매일 같이 소식이 들려서 안부는 안 물어도 알겠더라. 어디야?

"나 녹음 중이야."

-아, 너무 아쉽다. 스케줄만 아니면 같이 만나는 건데.

"그러게. 다음에는 같이 만나자."

살짝 마스크를 내리고 아이들과 대화를 나누고 있자 고유준이 이철민까지 끌어와 네 명 모두 화면에 얼굴을 들이밀었다.

　-야, 근데 목소리가 왜 그렇게 안 좋냐?

　고유준은 걱정하는 듯 말했지만 별거 아니라고 생각했는
지 여전히 가볍고 신난 얼굴이었다.
　반면 난 녹음에 진전이 없어 전혀 신나지 않았고 최대한
절절한 감정을 이끌어 내는 중이어서 좋은 표정은 나오지
않았다.
　그냥 평소처럼 미소만 지었다.
　"그냥 잘 안 돼서."
　그러자 갑자기 고유준이 멈칫하더니 휴대폰을 들고 친구
들에게서 떨어졌다.

　-나 잠깐 이 자식이랑 통화 좀 하고 올게.
　-엉, 둘만? 오키. 다녀와라.
　-야, 우리끼리 먼저 먹는다. 그럼?
　-어어.

　고깃집 내부에 마련된 룸으로 보이는 곳에서 나온 고유준
은 마스크와 모자를 착용하고 가게 밖으로 나왔다.

-뭐가 안 되는데? 그런 건 이 형님한테 말을 했어야지.

"최선을 다해서 감정을 만들었거든. 근데 부족하대. 이건 내 실력 부족이라 뭐, 방법이 없네."

-선배님께서 뭐라고 하셨나?

술도 좀 마신 것 같았고 친구들과 있는 데다 굉장히 신나 있었기 때문에 고유준이 이렇게 진지하게 고민을 들어 줄 줄은 몰랐다.
애초에 이런 대화를 위한 통화도 아니었어서 난 내심 당황하며 상황을 털어놓았다.
그러자 고유준이 헛웃음을 쳤다.

-뭐야, 그게? 실연당해서 쑥대밭을 만들고 지친 상황의 목소리가 뭔데? 상황이 되게 구체적이네.

"아니 이미 이미지는 머릿속에 들어왔어. 근데 그걸 내가 못 살리는 것뿐이야."

-으음.

고유준이 머리를 굴리는 소리가 여기까지 들려오는 듯하다.

고유준도 이렇게까지 구체적인 감정 표현은 해 본 적 없을 테지.

그렇다고 겪어 본 적 있으면 몰라.

나나 고유준이나 실연에 배신에 집 물건 부수고 울다 지친 적 없, 어?

실연은 당한 적 없지만 그 뒷부분에 대한 경험은 있었을지도…….

조금이나마 감이 잡혀 갈 무렵 나와 같이 고민해 주던 고유준이 '에잇' 하며 생각하기를 포기했다.

—어쨌든 지친 목소리 내야 한다는 거 아니야.

"뭐, 그렇지?"

—오케이. 어디야?

"뭐, 왜. 회사 내 카페테라스다."

—언제 다시 녹음 들어가는데?

"감정만 잡고 들어가야 하니까 한 30분?"

―15분 만에 간다. 기다려.

……뭐지, 이건.

전화가 끊어졌다. 난 우선 휴대폰을 내려놓고 15분 만에 온다는 고유준의 말을 머릿속에서 굴려 보았다. 그리고 카페에 온 이후 처음으로 아메리카노를 마셨다.

'진짜 온다고? 가까운 데에 있었나? 혼자? 애들이랑 같이? 왜? 뭐 하러? 아니 진짜 왜?'

물론 머릿속은 여전히 복잡했다.

그로부터 15분 후, 진짜로 고유준이 이곳에 도착했다.

"너 진짜 왜 왔냐?"

다행히 다른 친구들은 안 데리고 온 듯하지만 잘 놀다가 뭐 하려고 이곳에 온 건지.

어이가 없어서 헛웃음 쳤더니 고유준은 재밌다는 듯 씨익 웃었다.

가끔 나는 고유준의 행동과 생각을 이해할 수 없을 때가 있다.

"친구가 힘들다는데 와서 도와줘야지."

"뭐를? 다른 애들은?"

"급한 스케줄 생겼다고 하고 나왔어. 잠깐 있다 바로 갈 건데 데려오기 미안해서."

그러니까 거기서 잘 놀지, 여긴 왜 온 거냐고. 대신 노래 불러 주려는 것도 아니고. 딱히 해결할 방법이 있는 고민도 아닌데.

그러나 고유준은 내가 뭐라고 하기도 전에 휴대폰으로 시간을 확인하더니 카페 바깥으로 고갯짓했다.

"시간이 없으니까 일단 가자. 혹시 모르니까 수환 형한테 말해 두고."

"안 돼. 위에서 선배님 기다리고 계시는데 어디를 가?"

"괜찮아. 여기서 개가까워. 한 2분? 한 10분 만에 다녀올 수 있음."

설명도 없이 시간 없으니까 일단 가자는 말은 너무 당혹스러웠다. 그러나 난 고유준을 따라갈 수밖에 없었다.

고유준은 그럭저럭 바보지만 이따금 믿을 수 없을 정도로 창의성 있는 해결책을 제시해 줄 때가 있다.

지금이 딱 그런 때가 아닐까 하는 기대로.

–형, 저 한 30분만 더 있다 올라가도 돼요? 선배님이 보내 주신 곡 조금만 더 듣다 가고 싶어서요.

수환 형한테 문자를 보내자 1분도 안 되어 바로 답장이 왔다.

-레나 씨 식사하고 오신답니다. 1시간 내로는 들어오세요.

돌아가야 하는 시간이 15분 내에서 1시간으로 바뀌었다.
난 그걸 고유준에게 말했고 고유준은 훨씬 좋다는 말과 함께 날 목적지로 이끌었다.

♫

"사장님, 저희 30분이요."
"네, 30분. 두 분이서 하는 거예요?"
"아니요. 얘 혼자서요."
고유준이 엄지로 날 가리켰다. 그러자 가게의 사장님은 날 훑어보더니 1인 기준 요금을 알려 주고 대뜸 야구방망이를 쥐여 주었다.
"이건……."
뭐지?
고유준은 생전 처음 보는 곳에 날 데려왔다.
무척 거친 인테리어와 내 손에 들린 야구방망이가 날 혼란스럽게 했다.
"2번 방 비었어요."
"네, 감사합니다."
이 공간의 모든 것이 어색한 나와는 달리 고유준은 익숙하게 계산을 마치고 사장님과 대화를 나눈 뒤 날 2번 방으로 데려갔다.

"뭔데, 진짜. 야구방망이는."

"아니 아니~ 일단 너 지치면 된다길래. 짠!"

"⋯⋯어?"

방에 들어왔어도 난 여기가 어디인지 모르겠다.

골프채, 망치. 위험해 보이는 건 내 손에 들린 야구방망이뿐만이 아니었다.

배치된 물건들도 이상했다.

마네킹, 타이어, 중고 모니터, TV, 석고로 제작된 그릇이나 도자기 등 좀 위험한 분위기였다.

"자."

고유준이 나에게 헬멧과 목장갑을 건네주었다.

이걸로 뭘 어쩌라는 거지? 인싸들의 놀이터인가.

내 시선을 느낀 고유준이 그제야 이곳에 대한 설명을 해 주었다.

"나도 너튜브에서 본 곳인데 여기 '분노방'이라고 스트레스 해소하는 가게래."

고유준이 손가락으로 나를 가리켰다.

"꼭 실연 때문에 때려 부숴야 지치냐? 스트레스도 풀 겸 지금까지 빡쳤던 거, 화났던 거 생각하면서 싹 다 부숴 버려. 뭐, 김 실장님이나 미국에서의 일이나⋯⋯ 많잖아."

······아니 물론 지친 목소리라고 말은 했지만.

"진짜 지치라고?"

내 말에 고유준이 경쾌히 말했다.

"응."

Chapter 14.
휴식기 (5)

바보 같을 수는 있지만 일단 이유 없이 지치고 보라는 고유준의 말이 순간적으로 그럴듯하게 들렸다.

　"네 인생에서 제일 빡쳤던 일을 생각하면서 때려 부숴. 안에 있는 건 이 테이블이랑 의자 빼고 다 부숴도 된대."

　고유준이 방 안에 부착된 안내문을 읽으며 말했다.

　"그럼 난 나가 있는다. 너 쪽팔려서 사릴까 봐~."

　고유준은 장난스럽게 말하곤 이 낯선 방 안에 나만 두고 나갔다.

　……요즘 인싸들은 이런 걸 하는구나.

　고유준이 나갔다고 해서 내 몸이 바로 상황에 적응해 움직이거나 때려 부수기 시작하진 않았다.

뻘쭘함이 가시지를 않아 방망이를 툭툭 땅에 두드리며 앉아 주변을 둘러보았다.

화났던 일? 화났던 일은 지금까지 너무 많지.

하지만 이런 곳에 왔다고 갑자기 분노하며 설치는 것도 그다지 내키지 않는 일이 아닌가.

난 그냥 몇 분간 멍하니 방 안 소품들을 둘러보며 시간을 보냈다.

힘껏 부수고 분노하라고? 어떻게?

멍석 깔았다고 그런 행동을 하는 내 자신을 내 스스로 보는 건 너무 민망하고 부끄러운데.

난 예전부터 혼자 삭이는 편이었지 소리 지르고 물건을 때려 부수며 화를 내는 사람은 아니었다.

'……그래도 해야겠지.'

이런 방법이라도 써 보지 않으면 어떤 것으로도 레나 선배님을 만족시키지 못할 것 같았다.

"하."

난 방망이를 지지대 삼아 일어났다. 그리고 이어폰을 귀에 꽂은 채 석고로 만든 그릇 앞에 섰다.

속절없이 내리는 눈은 하얗기만 해
네가 없는 눈 따위 슬프기만 할 뿐인데
이제 당신과의 거리는 너무나도 멀어서

목소리조차 닿지 않아

이어폰에선 건호 선배님의 대표 이별 노래 〈굿바이 스노우〉가 흘러나오고 있었다.

'한번 하면 그때부터는 쉬울 거야.'

몰입하자. 음악 방송 진행 때도 그러지 않았던가. 차차 때도. 베짱이 1호점 뮤비 촬영 때도 처음이 어려웠지 그 이후는 쉬웠던 것처럼.

약간 이것과 그건 종류가 다르긴 하지만.

난 이별 노래를 들으며 방 안의 불까지 끄고 최선을 다해서 화가 났던 때를 떠올려 보았다.

조명 사고, 해고, 무시, 낙오.

와.

실연당했다고 세뇌하며 상상했을 때보다 훨씬 진심으로 분노가 차오르기 시작했다.

난 방망이를 하늘 높이 들어 올렸다.

"사랑했었다!"

있지도 않았던 사랑아!

그리고 있는 힘껏 내려쳤다. 콰장! 석고 그릇이 시원한 굉음과 함께 산산조각 나 흩어졌다.

이어폰을 뚫고 들어오는 생각보다 큰 소리에 놀라기도 잠시, 난 스멀스멀 피어오르는 감정에 당황스러움을 느껴야만 했다.

'뭐지?'

단 한 번 내려쳤다고 살짝 들뜬 숨, 맑아진 머리와 솟아오르는 기운.

"뭐야."

생각보다 훨씬 후련했다. 아니 그냥 기분이 몹시 좋았다.

콰앙! 쾅! 파악!

하나하나 박살 낼 때마다 보기 좋게 깔끔히 박살 나는 것에 쾌감을 느끼며 마네킹, TV, 석고 꽃병 할 것 없이 죄다 부수고, 한편에 마련된 물 풍선을 미친 듯이 벽에 던져 댔다.

째애앵! 쾅!

솔직히 내가 무엇에 화가 났는지 잘 모르겠다.

그러나 여러 가지 뒤섞여서 꼽을 수 없을 뿐 이 자그마한 공간의 소품을 인정사정없이 깨부술 정도의 화는 분명히 존재하고 있었다.

겪어 보지도 못한 실연의 아픔보다는 인생을 살면서 겪었던 많은 것들에 대한 분노로 부쉈다. 어차피 부수라고 있는 곳인데 굳이 참을 필요 없다.

그렇게 한참이나 때려 부수고 나니 숨이 찼다. 열심히 움직였던 팔과 몸이 뻐근해져 왔다.

'역효과 아냐?'

아닌가. 이게 맞나.

"허억…… 허억…… 와……."

힘들어 죽겠다. 지친 목소리는 이제 아주 잘 나올 것 같았다. 그러나 난장판이 된 공간.

필요한 건 울고불고 슬퍼서, 분노해 때려 부순 후 지친 감정인데 지금 나는 감정은 다 때려 부숴서 속이 후련해진 상태였다.

귀로 들리는 이별 노래? 다 소용 없었다.

"후, 간간이 와야지."

기분 너무 좋은데?

손에 쥐고 있던 야구방망이를 미련 없이 내려놓았다. 그리고 휴대폰을 확인하니 고유준은 이미 친구들에게 돌아간 뒤였다.

그러나 생생히 즐거운 감정을 두고 다시 감정을 잡을 수 있을까 걱정하기도 잠시 회사에 다다랐을 때쯤 난 고유준의 아이디어에 다시 한번 감탄할 수밖에 없었다.

'졸린다.'

한번 끓어올랐던 아드레날린은 활동을 멈추자마자 피곤을 동반하여 급격히 줄어들었다.

난 평소 이진성, 박윤찬, 고유준과는 달리 운동을 즐기는 편도 아니라서 그 피로도가 더욱 여실히 느껴졌다.

뒤늦게 다시 감정을 잡아 보겠다고 회사로 오는 동안 이별 노래를 계속 들었더니 안 그래도 피곤한 몸이 더 늘어졌다.

그냥 지쳤다.

난 습관처럼 반쯤 내려가는 눈꺼풀에 힘을 주고 녹음실 문을 열었다.

"왔어? 생각보다 일찍 왔네?"

"아, 네. 식사 중이셨어요?"

작업실에는 레나 선배님, 건호 선배님, 수환 형을 포함한 직원들이 도시락을 먹고 있었다.

"응, 너도 먹을래?"

"아뇨. 전 괜찮아요."

레나 선배님이 건네는 도시락을 거절하고 식사에 방해되지 않도록 구석에 앉아 계속 음악을 들었다.

그러자 레나 선배님이 큰 소리로 내 이름을 불렀다.

"현우야!"

"예?"

내가 이어폰을 빼고 레나 선배님을 바라보자 레나 선배님은 날 빤히 쳐다보더니 '음!' 하고 만족스러운 탄성과 함께 고개를 끄덕였다.

"딱 좋게 감정 잡고 왔나 보네."

"아, 하하."

조금 오해가 있는 것 같지만 액티비티 하고 왔다고 말할 수는 없어서 그냥 고개를 끄덕였다.

잠시 후 모두의 식사가 끝나고 녹음이 재개되었다.

"현우, 너무 긴장하지 말고. 목소리에 힘 쭉 빼고 불러 보자."

레나 선배님의 말에 긴장된 몸을 풀었다. 물 한 모금 마시고 한숨 한번 쉰 뒤 최대한 감정을 잡아 노래 불렀다.

무슨 꿈을 꾸나요
어둠이 차갑게 가라앉아요
눈을 뜨면 밤이, 눈을 감으면 그대가 보여요
참을 수 없이 마음이 아파

'어.'

난 노래를 부르는 동안 어렴풋이 눈치챘다.

어두운 밤, 실연당하고 돌아와 집을 쑥대밭으로 만들고 지쳐 침대에 앉아 창문을 보며 노래 부르는 목소리와 액티비티 방에서 신나게 때려 부수고 지쳐 부르는 목소리는 사실 별반 다르지 않다는 것을.

'어라, 이게 왜 되지?'

이 목소리에 원래 하던 대로 감정을 쌓아 부르니-.

"좋아요. 너무 좋은데? 한번 들어 볼래?"

레나 선배님의 만족한 목소리가 들려왔다.

"이런 식으로 계속 부탁해."

아니, 이게 진짜 어떻게?

고유준 진짜 천잰가.

노곤해진 목소리엔 자연스럽게 힘이 빠졌고 MR을 들으니 그간의 이미지 메이킹 덕에 금방 감정이 잡혔다.

감정이나 보컬 실력의 문제가 아니고 정말 긴장한 성대가 문제였던 것이다.

"도입부가 진짜 중요하거든. 이 노래는 감정의 고조가 포인트가 아니고 도입부부터 사로잡는 감성이 포인트라. 현우, 노력했구나?"

레나 선배님은 상황의 비밀을 모른 채로 엄지를 추켜올리셨다.

녹음은 계속 진행되었다. 이따금 오래 걸리는 파트가 계속 있기는 했지만 전체적으로는 순조롭게 끝을 낼 수 있었다.

"어디 계셨습니까? 카페테라스엔 없던데."

레나 선배님이 디렉터님께 무언가 지시하는 동안 수환 형이 물었다.

난 고유준과 있었던 일을 이야기했고 수환 형은 못 들을 걸 들었다는 듯 고개를 가로저었다.

"이번 일은 비밀로 하다 5년 뒤쯤 라디오에서 푸세요."

"됐어! 이제 슬슬 마무리할까? 수환 씨, 조만간 연락드릴게요."

레나 선배님의 말과 함께 녹음은 끝이 났다.

자잘한 일정이 있긴 하지만 충분히 잘 시간이 확보된다는
게 어딘가.

레나 선배님과의 녹음이 끝난 뒤 며칠간 내리 쉬고 간단히
짐을 챙겼다.

"거기 샴푸 있어요? 챙겨 가야 해요?"

"야, 짐 너무 많아져. 없으면 가서 사면 되지."

"아, 엉. 형, 칫솔은 챙겨야 하지?"

거실도 방도 어지럽고 소란스러웠다.

일주일간 펜션으로 긴 여행을 떠나게 됐으니 숙소에 있는
입을 만한 옷이나 오락 기기는 싹 다 챙겨 가려는 모양이었
다.

"야, 내 노트북 넣을 곳 없는데 니 캐리어 비었냐?"

"줘."

"땡스."

"현우야, 형 작곡 기계에 사용하는 케이블도 좀 부탁해."

노트북에, 작곡 기계에, 막내들은 게임기까지.

이럴 거면 그냥 집을 통째로 뜯어 가는 편이 더 나을 것 같
다.

수환 형과 태성 매니저님은 그러든지 말든지 너네 알아서
하라는 표정으로 소파에 앉아 멤버들의 모습을 지켜보고 있

었다.

간혹 진성이나 고유준이 무리하게 옷을 많이 가져가려 할 때나 펜션에 세탁기가 있으니 관두라고 말리는 정도였다.

"근데 어쩐 일로 김 실장님이 그냥 보내 주세요?"

"네?"

휴대폰을 보던 수환 형이 날 바라보았다.

"보통 이런 일이 있으면 휴가 보내 주는 대신 카메라라도 달고 가게 하잖아요."

'신인이 쉴 틈이 어딨어!' 혹은 '하루라도 얼굴 안 비치면 금방 잊히는 게 이 업계야!'라는 말을 달고 사는 김 실장님이 아니신가.

펜션에 가면 무조건 비하인드 카메라가 함께 갈 것으로 생각했었다.

그런데 이번엔 매니저님 이외의 스태프는 아무도 없었다. 말 그대로 진짜 휴가였다.

수환 형은 아무렇지 않게 다시 휴대폰으로 시선을 옮기며 말했다.

"저도 직책은 실장입니다. 김 실장님 말씀을 다 따라야 하는 건 아니죠."

물론 부서 간 서열이라는 게 있어 김 실장님의 입김이 훨씬 크지만 수환 형이 마음먹고 밀어붙이면 김 실장님이 무작정 제 뜻대로 할 수는 없다는 의미였다.

"여러분들이 원해서 자유로이 SNS에 업로드하는 것 이외에 원치 않는 노출은 없을 겁니다."

"오오, 이 실장님~."

고유준이 장난스럽게 몸을 흔들며 다가와 수환 형에게 '실장님 실장님' 하고 능글거렸다.

수환 형은 질색하며 고개를 젓더니 일어났다.

"준비 다 되면 내려오세요."

"네!"

수환 형이 집을 나선 뒤 멤버들이 캐리어를 챙겨 하나둘씩 현관으로 나섰다.

"그럼 큐앱도 켤 수 있나?"

진성이가 말했다.

"펜션 가서 사진 찍은 건 매일 밤마다 단톡에 올릴 테니까 이건 절대 올리지 말았으면 싶은 사진은 말해라."

고유준이 말했다.

"동영상 찍고 있으면 너희들이 알아서 사려라. 동영상에 찍히면 안 될 만한 짓은 하지 마."

주한 형이 말했다.

우리가 촬영 없이 편히 쉴 수 있도록 김 실장님과 대치해 준 수환 형에게는 고맙지만, 아마 고리들은 우리들의 펜션 휴가 상황을 실시간으로 중계받게 될 것이다.

"〈뉴비공대〉 존나 센스 없어."

나름 방송이라고 인기 아이돌을 불러 놨으면 얼굴 좀 자주 비춰 줘야 할 것 아니야.

김고리가 짜증 섞인 탄식을 내뱉으며 '→' 버튼을 마구 눌러 댔다. 인게임 화면이 빠르게 10초 뒤로 넘어가고 있었다.

그러다 게임 화면 아래 작게 보이는 서현우의 얼굴에 멈칫, 한숨을 쉬며 '←' 키를 눌러 서현우가 나오는 처음부터 보기를 반복했다.

"아, 시발, 빡치네. 다 합해 봐야 3분 남짓이겠네. 온정우 분량 좀 적으면 억울하지라도 않지."

고생은 우리 현우가 다 하는 모양인데.

얼마 전부터 홍보되기 시작한 〈뉴비공대〉.

〈비갠 뒤 어게인〉의 마지막 방송을 앞두고 게임 예능에 서현우가 출연한다는 소식은 무척 반갑고 행복한 일이었다.

크로노스가 긴 휴식기에 들어간 지금, 〈비갠 뒤 어게인〉이 끝나면 파랑새 공식 계정을 제외하고는 더 이상 크로노스를 볼 수 있는 곳이 없어진다.

박윤찬의 드라마 출연 소식은 기사가 나긴 했으나 느낌상 한참 뒤에 나올 것 같아 이미 봤던 영상을 돌려 보며 3개월을 보내야 할 줄 알았다.

그런 상황에서 타이밍 좋게 나온 〈뉴비공대〉는 크로노스의 서현우와 하이텐션의 우지혁 출연 소식을 전하며 미친 홍보를 해 댔다.

-공대원들! 조금만 기다려! D-31!

온정우, 서현우, 우지혁을 제외하면 딱히 인기도 인지도도 없는 출연진뿐인데 크로노스와 하이텐션 팬들의 화력이 무척 좋다는 걸 이용해 벌써 '공대원'이라는 프로그램 시청자들의 애칭까지 만들었다.

고리는 서현우, 하이텐션 팬들은 우지혁 빼곤 딱히 관심도 없는데 굿즈도 만들어 팔고 있는 중이다.

김칫국 사발로 들이켜는 방송국의 꼴이 얄밉지만 어쩌겠는가.

팬들은 내 가수 상징물이 포함된 굿즈만 사며 제작진을 있는 대로 욕하고 있었다.

"〈비갠 뒤 어게인〉 반만 닮아 봐라, 진짜. 어휴."

처음부터 끝까지 크로노스에 대한 배려로 가득했던 〈비갠 뒤 어게인〉과는 상당히 다른 행보라 더 얄미웠다.

어쨌든 그렇게 시간이 흘렀고 첫방까지 한 달이 남은 시점, 〈뉴비공대〉 공식 너튜브 채널에서 뜬금없이 영상 하나를 선공개했다.

뉴비공대 첫 인겜 정모했다! 〈원아워즈〉 첫 플레이 편집본 공개!

선공개치곤 상당히 긴, 약 30분간의 영상.

지금까지 서현우로 홍보하던 게 있으니 고리들은 기대했다. 그리고 바로 실망했다.

'애들 얼굴 숨겨 두고 뭐 하냐고!'

그냥 김고리가 서현우만 찾고 있어서 그런 걸지도 모른다. 하지만 30분 영상에 서현우 분량이 너무 콩알만 했다.

제일 분량을 많이 차지하는 건 온정우, 그리고 그의 개그맨 후배들, 머쓱해하며 못해서 분량을 뽑은 우지혁.

'그에 반해 우리 애는?'

존나 열심히 게임하고 앉았다. 서현우는 너무 성실한 게 탈이었다. 열심히 집중해서 팀원들을 이끌며 혼자서 캐리하고 있었다.

너무 열심히 하는 바람에 리액션이 너무 적어 딱히 내보낼 부분이 없었던 모양이었다.

반면 인게임상 서현우의 분량은 제일 많았으니 자막에 이름 언급되는 횟수는 가장 많은 게 그나마 다행일까.

"현우야…… 아."

비주얼이 되면 얼굴만 비춰 줘도 재밌다는 걸 모르고 그저 어그로를 이용해서 서현우 이름으로 시청률을 뽑을 생각만 하는 센스 없는 제작진과 너무나 성실한 서현우의 조합.

김고리는 3개월간 볼 거 지지리도 없겠다고 생각했다.

영상 아래로 스크롤을 내리자 역시나 댓글엔 분량 분배나 편집 센스에 대한 지적이 가득했다.

"맞아. 다 맞는 말이지. 이런 썅, 제작진. 암만 생각해도⋯⋯."

그렇게 점점 〈뉴비공대〉에 대한 관심도는 떨어지고 대신 분노가 치솟기 시작할 때였다.

띠링!

경쾌한 알림음 소리에 김고리의 시선이 휴대폰으로 향했다.

"파랑새?"

파랑새 계정으로 팔로우해 둔 건 크로노스 계정밖에 없으니 필시 크로노스 공식 계정에서 무언가 업로드한 것이리라.

하지만 김고리는 헛된 기대를 품지 않았다.

'〈뉴비공대〉 업로드 소식을 전하는 거겠지.'

애들 휴가가 시작했는데 올라올 게 뭐가 있겠나. 다들 숙소나 본가에서 푹 쉬고 있을 터인데.

"⋯⋯어?"

그러나 곧 김고리의 입에서 자신도 모르게 얼빠진 소리가 흘러나왔다.

동시에 숨이 턱 막히는 기분도 느끼며 본능적으로 업로드된 사진을 터치했다.

그러자 화면을 꽉 채우는 '아름다운 실루엣 다섯+유명하신 분의 뒷모습 하나'.

크로노스가 햇빛 가득한 야외에서 고유준 주도로 단체 셀카를 찍어 올렸다.

살짝 노을 낀 햇빛 덕분인가? 멤버들의 색채가 무척 진했으며 굉장히 기분 좋아 보였다.

선글라스 낀 강주한과 고유준, 고유준은 씨익 웃으며 카메라를 들고 있었고 그 뒤로 서현우, 박윤찬, 이진성이 카메라를 향해 포즈를 잡고 있었다.

그들의 뒤쪽으로 보이는 캐리어 한 뭉텅이, 그리고 고리들 사이에서 '휴대폰 갤러리 공유 좀 해 주세요'로 매우 유명하신 '이 실장님', 즉 이수환이 애매하게 걸쳐져 보였다.

"뭐야, 휴가라더니."

또 무슨 촬영 겸 휴가야?

행복함 반 의심 반으로 사진을 넘겨 보다 그제야 보이는 글귀에 김고리가 미소 지었다.

> 휴가 기념 크로노스 단체 여행 다녀옵니다~(스케줄 아님, 걱정ㄴㄴ) 여러분 조금 있다 또 올릴게요! -YJ

"이아악."

김고리의 입에서 괴성이 튀어나왔다. 역시 강주한 다음으로 고리 마음을 잘 아는 고유준이다.

그리고 그 뒤로 고리들은 고유준과 강주한에게서 조금 쌓아 뒀다 한번에 둘러봐야 할 만큼 많은 양의 업로드 글을 선물받아야만 했다.

"업로드 끝. 고리들이 우리 기다리긴 했나 봐. 순식간에 우르르르 보네?"

"그럼 이제 출발하겠습니다."

모두가 차에 탔다. 태성 매니저님이 미리 에어컨을 틀어놓은 덕분에 시원한 차 안에서 멤버들이 일제히 탄성을 질렀다.

"이야, 진짜 진즉에 들어올걸! 더워 죽는 줄 알았어!"

"고유준이 굳이 그 자리에서 보정해야 한다고 이상한 고집을 부리는 바람에 그런 거잖아?"

"형, 그거 고집 아니야. 고유준 장난이었어."

"저 새-."

"어허, 욕 금지!"

고유준이 자신에게 날아오는 주한 형의 욕을 사전에 차단하고 차 안 오디오에 휴대폰을 연결해 음악을 틀었다.

크로노스의 분위기 메이커답게 본인 스타일보단 진성이가

실컷 날뛸 만한 곡으로 틀었다.

곡은 진성이의 노래방 단골곡이었고 역시나 진성이는 목청이 터져 나가라 노래를 부르며 몸을 움직이기 시작했다.

"세에상!!!! 끝에!!! 서!!!! 하, 댄스를 춰!!!"

"……세상 끝에서 댄스를 춰? 이제 생각하면 가사가 진짜 대박이네. 세상이 멸망하고 있는데 혼자 심취해서 춤추는 거야?"

주한 형이 말했다. 머릿속에서 가사의 상황을 상상하니 웃긴지 애써 웃음을 참는 것 같기도 했다.

〈즐거울 락〉 활동을 기점으로 차 안에서 이렇게 시끄럽게 떠들고 놀았던 적은 없었는데.

살짝 예전 추억들이 생각나서 이상한 행복이 감돌았다.

내일 음악 방송 스케줄이 없고 멤버 모두 휴식으로 컨디션이 최고조를 달려서 가능한 차 안의 소란스러움이었다.

펜션까지의 거리는 꽤 멀었다. 진성이는 일곱 곡 정도 연달아 부르다 지쳐 잠들었고 다른 멤버들 또한 차례로 잠들었다.

"저희 신경 쓰지 말고 주무세요. 대신 펜션 가서 고기는 여러분들이 구우시고요."

스케줄을 위한 이동도 아니고 놀러 가는데 우리끼리만 자긴 뭣해서 주한 형과 함께 일어나 있으니 수환 형이 그냥 자라고 말했다.

"딱히 잠 안 와요."

주한 형이 그렇게 말하며 이번에 작곡한 곡을 듣기 시작했고 난 좀 더 기다리다가 휴게소에서 수환 형에게 운전대를 넘겨받았다.

다시 한번 말하지만 스케줄을 위한 이동도 아니고 매니저 형들도 휴가 보내러 가는 건데 꼭 운전대를 매니저 형들이 잡아야 할 이유는 없었다.

그래서 과거에 운전을 밥 먹듯이 한 내가 운전대를 잡은 거였다. 수환 형도 내 운전하는 모습을 본 적이 있어 믿고 맡겼다.

"잘 모르겠지만 일단 사진부터 찍어 놔. 난 동영상 찍을게."

"예쓰."

"근데 형, 가운데 자리 안전띠 살짝 헐렁이는 것 같아."

"착각이야."

그런데 어이없게도 내가 운전대를 잡자마자 곤히 잠들어 있던 멤버들이 벌떡 일어나더니 나에게 집중하기 시작했다.

"혀, 형이 운전하는 모습 신기해요."

심지어 윤찬이마저 좀 불안해하는 기색이다.

그래도 운전 실력은 상당히 자신 있었는데. 내 운전 실력을 아무도 못 믿는 것 같아 조금 슬퍼졌다.

심지어 태성 매니저님도 보조석에 앉아 자꾸 내 손에 잡힌 핸들을 은근히 힐끔거리는 걸 보아 타이밍을 봐서 자리를 바꾸려는 기색이었다.

나는 모두의 불안을 한번에 받으며 동시에 찰칵, 띠롱거리는 사진과 동영상 촬영 세례도 받았다.

"현우 멋있다. 잘한다. 동영상 파랑새에 업로드해도 돼?"

"……어!"

"어, 업로드했다."

짜증을 섞어 대답하며 걱정이 소용없을 정도의 안전 운전으로 펜션에 도착했다.

"와, 이게 뭐야. 여기 전부 저희가 쓰는 거예요? 방 하나가 아니고?"

"네."

펜션의 모습을 확인한 진성이가 곧바로 내려 길길이 날뛰었다. 난 그 모습을 잠시 지켜보다 주차를 마친 후 내려와 펜션을 올려다보았다.

"와……."

도착한 펜션은 생각한 것 이상으로 호화로웠다. 수환 형이 무덤덤한 얼굴로 슥 펜션 외관을 둘러보더니 말했다.

"괜찮네요. 대표님 아는 분이 내놓은 별장이라고 하던데."

"……펜션이 아니라요?"

"지금은 그런 용도로 쓴다고 합니다. 프라이빗하게 노는 재벌들이 많이 찾는다고 하더라고요."

적어도 프라이빗 파티를 위한 공간. 상당한 규모의 독채 펜션이었다.

그때 뒤늦게 차에서 나오다 나와 수환 형의 대화를 들은 주한 형이 감격에 젖은 얼굴로 말했다.

"우리 성공한 거 같아. 미친. 겁나 이게 자본의 끝이지."

Chapter 14.
휴식기 (6)

이 넓은 펜션을 단독으로 사용한다는 말에 누구보다 주한 형이 가장 신났다.

주한 형은 여기저기 사진을 찍고 조각상, 수영장 하나하나에 눈을 반짝이며 '이야, 이야아' 하고 이상한 감탄사를 냈다.

"내가 이래서 형을 좋아해. 내 마음을 너무 잘 알아. 나 지금 완전 부자 된 기분이야."

그 어느 때보다 생긋생긋 웃는 주한 형의 말에 수환 형은 별다른 호응 없이 대답했다.

"딱히 주한 씨를 위해 이곳에 온 건 아닙니다."

"형, 갑자기 왜 거리를 두고 그래? 주한 씨라니, 동생한테. 하하하하."

행복함을 힘껏 발산하는 주한 형은 수환 형에게 맡기고 난 멤버들을 따라 펜션 안으로 향했다.

"매니저님 집이 헬스장이라는 거 사실이에요?"

"아니요. 집을 헬스장처럼 만들어 놓긴 했지만 헬스장은 아닙니다."

내 앞으로 태성 매니저님과 진성이가 저 많은 짐을 양 어깨에 한가득 지고 나아갔다.

'나중에 다 같이 하면 될 텐데.'

벌크업 중독인 두 사람은 양손 한가득 진 짐을 가지고도 위로 높이 들었다 내리기를 반복하며 운동을 해 대고 있었다. 이해 못 할 일이다.

펜션 안으로 들어가자 회사 사옥 로비를 능가할 정도로 드넓은 거실이 나타났다.

한 100평쯤 되는 규모라고 했던가.

"집 안에서 길 잃겠다……."

내가 예전에 살던 작은 원룸은 여기 화장실보다 작으려나.

나도 모르게 내뱉었을 때 윤찬이가 다가오며 안심하라는 듯 미소 지었다.

"괜찮아요. 복도는 생각보다 안 복잡해서 쉽게 거실로 모일 수 있어요. 뒤쪽에 있는 부엌엔 인터폰도 있어서 위치 파악도 쉬워요."

"……그걸 어떻게 알았어?"

이제 막 펜션에 들어온 윤찬이는 그걸 어떻게 안 거니?

내 말에 별생각 없이 말하던 윤찬이의 말이 뚝 멈췄다. 보아하니 끝까지 모른 척하려던 걸 들킨 표정이었다.

"너희 집 부자인 거 알아."

그게 뭐 숨길 일이라고. 감흥 없이 툭 말하자 윤찬이가 내 눈치를 보며 대답했다.

"한번…… 와 본 적 있어요, 아버지 회사 창립 기념 행사로."

윤찬이 성격에 와 봤다고 말하면 잘난 척한다고 생각할까 봐 걱정한 모양이었다. 하지만 우리 회사에 윤찬이가 재벌 3세인 걸 모르는 사람은 아무도 없었다.

그러자 뒤늦게 들어온 주한 형이 윤찬이의 어깨에 손을 둘렀다.

"윤찬아, 원래 친했지만 더 친하게 지내자."

딱히 저작권료가 아니라도 돈에 약한 주한 형이었다. 수환 형은 나와 함께 한숨을 쉬고 멤버들에게 말했다.

"일단 각자 방에 짐 내려놓고 여기서 다시 모이시죠. 식사부터 합시다."

방은 1층에 세 개, 2층에 세 개로 넉넉했다.

요즘 코골이가 심해졌다는 멤버들은 각자 한 방씩 차지하기로 했고, 비교적 조용히 자는 수환 형과 윤찬이가 같은 방을 쓰는 것으로 했다.

난 2층의 방을 선택해 짐을 내려놓고 방 안을 둘러보았다. 인테리어 없이 침대 하나와 무드등, 블라인드가 끝인 깔끔한 방이었다.

휑한 배치에도 워낙 고급 자재를 쓴 데다 통유리 밖 풍경이 예뻐서 어디 좋은 리조트에 놀러 온 느낌이었다.

'진성이는 저기서 하루 종일 있겠네.'

난 통유리 바깥 커다란 수영장을 멍하니 바라보다 다시 거실로 향했다.

역시나, 거실에선 진성이가 신이 난 채로 에어 보트에 공기를 주입하고 있었다.

"진성 씨가 물놀이하고 싶다고 해서 점심은 수영장에서 먹으려 하는데 현우 씨는 어떠세요?"

"저는 좋아요."

"자, 그럼 조를 정하자. 요리에 도움 안 되는 조와 조금이라도 도움이 되는 조로."

주한 형은 그렇게 말하며 곧바로 나와 고유준, 진성이를 밖으로 내쫓았다.

"으아?"

"뭐, 뭔데!"

"왜 형 갑자기?"

에어 보트, 튜브와 함께 밖으로 쫓겨난 우리가 당황한 채 묻자 주한 형은 씨익 웃으며 나에게 휴대폰을 건네주었다.

"요리에 도움 안 되는 조. 현우는 애네 보호자. 서브 리더로서 책임지고 애들 노는 거 동영상, 사진으로 남겨 놔. 오케이?"

"네엥······."

"오늘 점심은 삼계탕이다."

멍하니 대답하는 나에게 주한 형은 점심 메뉴만 알려 주고 그대로 문을 닫아 버렸다.

졸지에 쫓겨난 보호자 하나와 고유준, 이진성은 서로를 바라보며 어이없다는 표정을 짓다 수영장으로 향했다.

"이게 다 이진성 때문이잖아."

"이게 왜 나 때문이야? 형이 주한 형한테 사사건건 장난쳐서 주한 형이 빡친 거지."

"에이, 난 더워서 나오기 싫었는데. 에어컨 아래에 있는 게 훨씬 좋은-."

"뻥치시네! 아까 튜브부터 꺼내서 바람 넣으라고 시킨 거 형이거든?"

나보다 덩치가 큰 두 사람이 주황색 튜브를 옆구리에 낀 채 유치하게 싸우고 있다.

난 주한 형이 시킨 대로 두 녀석들을 동영상에 담으며 말했다.

"주한 형이 요리 못한다고 쫓아냈어요, 여러분. 저 둘이 얼마나 유치하게 싸우고 있는지 보세요. 스무 살 형과 열여덟 살 동생의 대화입니다."

어딘가 공개된 펜션도 아니고 소개를 통해서만 알 수 있고 이용 가능한 프라이빗 펜션이라 실시간으로 고리들에게 이곳 풍경을 공개해도 불청객이 등장할 위험이 없다는 점에서 참 장소 선정이 잘되었다고 생각한다.

그때 투닥거리던 두 사람이 나를 휙 돌아보았다.

"뭐라고?"

"형 유치하다고?"

"서현우, 준비운동 해라. 카메라 내놔."

고유준과 진성이가 빠르게 다가와 내 손의 휴대폰을 가져갔다.

"혼자만 어른인 척하지 말라니까, 형?"

진성이가 수영장의 물을 나에게 마구 뿌려 댔다. 살짝 불안한 마음에 잽싸게 펜션으로 도망가자 고유준이 미친 사람처럼 웃으며 카메라를 들고 나를 쫓아 뛰어왔다.

"우아악!"

진성이가 날 들쳐 멨고 내 발과 손, 그리고 왜인지 얼굴에 차가운 물이 뿌려졌다.

"심장 적셔. 심장부터 적셔."

북 치고 장구 치고 자기들 마음대로.

"고리 여러분, 사랑해요. 한마디 하시고 들어가실게요!"

"하핫! 고리들은 현우 형 이런 거 처음 보는 거 아냐?"

내 얼굴로 카메라가 들이밀렸다. 이미 난 진성이에게 들쳐 메졌을 때부터 수영장으로 빠질 마음의 준비가 되어 있었다.

난 체념한 얼굴로 거꾸로 매달린 채 고리들에게 외쳤다.

"고리, 사랑해-!"

풍덩!

순식간에 온몸을 감싸는 물과 시원한 온도. 기껏해야 가슴 높이의 깊이라 서둘러 발을 딛고 올라갔다.

원래도 수영을 좋아하는 건 아니었지만 추락할 때 마지막 으로 봤던 풍경이 바다였던지라 생각보다 훨씬 불쾌한 기분 이 들었다.

"푸하!"

"고리 여러분, 물에 젖은 서현우, 이야, 미남일세."

"미남보다는 물미역 아냐?"

깔깔거리는 진성이의 웃음소리를 들으며 성큼성큼 두 사 람에게 다가가 손을 내밀었다.

"빨리 올려."

"……형아, 화났어?"

내 굳은 표정에 진성이가 웃음을 멈췄다. 난 아무 말도 하 지 않은 채 얼른 손을 잡으라며 흔들었다.

고유준이 눈치껏 동영상을 종료했고 두 사람이 동시에 내 손을 잡아 올렸다.

난 강하게 두 사람의 손을 잡아당겼다.

찰싹!

사방에서 튀어 오르는 화려한 물방울들.

저들을 빠트리고 하, 가볍게 비웃어 준 뒤 물 위로 올라왔다. 언제 나왔는지 윤찬이가 빠르게 수건을 건네줬고, 주한 형은 썩은 표정으로 냄비를 들고나오며 한마디 했다.

"저것들, 초반부터 화려하게도 노네."

맛있는 삼계탕 냄새가 한가득 풍겼다.

그리고 저녁, 파랑새에는 사진 한 장이 올라갔다.

온몸이 물에 젖은 채 커다란 수건에 휘감겨 덜덜 떨며 삼계탕을 뜨는 나와 고유준, 이진성의 사진이었다.

무언가 한 것도 없는데 시간은 빠르게 흘러갔다.

아무것도 하지 않고 놀기만 해서 더욱 빠르게 흘러간다고 느꼈다.

벌써 밤이 되었고 펜션의 하늘에는 서울에선 절대 보지 못할 수많은 별들이 떠올랐다.

삼계탕을 먹은 뒤 방으로 들어간 멤버들은 나를 포함해 각자의 방에서 나올 생각을 하지 않았다.

고리의 말마따나 서로 죽고 못 사는 우리라고 하지만 그간

바쁜 시간을 보내며 얼마나 혼자만의 시간이 필요했었는지 알 만했다.

난 방 안을 어둡게 하고 조명에 둘러싸인 수영장을 멍하니 바라보다 침대에 누웠다.

그때 똑똑- 누군가 방문을 두드렸다.

"어."

"들어간다."

고유준이었다. 침대에서 일어나며 고유준을 바라보았다. 고유준의 손엔 고프로 카메라가 들려있었다.

"그건 뭐냐."

"벌칙 수행. 기억나냐? 영상통화 때문에 크로노스 회의한 거."

"아."

나는 차마 인상이 찌푸려지는 걸 참을 수 없었다.

제2회 크로노스 회의 촬영에서 제작진의 농간에 넘어가 모두가 함께 치르게 된 벌칙. 고유준은 '자기야' 사태에 책임을 지고 멤버 모두의 영상을 만들어 올리기로 약속했었다.

"그거 여기 온 김에 멤버 전체 다 만들려고. 그 김에 나도 하나 다시 찍었다."

"……그걸…… 혼자서?"

"아, 뭐, 어쩌라고."

그걸 또 혼자서 찍었단 말이야? 내가 질색하며 쳐다보자 고유준은 괜히 투덜거리다 내 등을 퍽 치곤 카메라를 켰다.

"그러니까 너도 해. 너 한 다음엔 주한 형한테 갈 거야. 나 혼자 가면 처맞을 테니까 너 방패 겸 데리고 갈 거임."

그러곤 카메라를 나에게 들이댔다. 어우, 그래. 차라리 빨리 하고 끝내자. 어차피 다 해야 하는 것을.

"시작할- 음……."

"아, 또 왜."

당황스러울 정도로 빠르게 카메라를 들이대고 금방이라도 시작할 기세던 고유준이 멈칫, 고민하다 카메라를 내려놓았다.

"야, 내가 이 공간에서 그 설정으로 할 수 있는 상황극을 떠올려 봤거든. 근데-."

난 고유준의 말에 방 안을 둘러보았다.

저녁, 침대, 무드등.

"존나 야해질 것 같은데 나가서 할래? 허헛!"

고유준은 사춘기 청소년 그 자체의 얼굴을 만들어 낸 채 장난 가득한 목소리로 말했다.

언제나와 같이 내 표정은 썩어 들어갔다.

난 고유준을 내 방에 버리고 나왔다.

그러자 버리기 무섭게 고유준이 따라 나와 카메라를 들이밀었다.

"여기서부터 시작할래? 계단 내려가면서 할래? 카메라 넘겨줄까? 영통 느낌으로?"

고유준은 가끔씩 보면 또라이 같다. 그냥 카메라, 나한테
주고 꺼져 줬으면 좋겠다.

애초에 고유준이 옆에 있는 상황에서 그런 상황극을 어떻
게 하라는 말인가.

시끄러운 고유준을 철저히 무시하며 계단을 내려와 거실
로 향하자 마침 수환 형과 TV를 보고 있던 주한 형이 인상을
찌푸리며 우릴 노려보았다.

"너네는 여기서도 시끄럽냐? 어후, 저것들은 스물이 되어
서도 철이 안 들어."

고유준 때문에 정신적으론 20대 중반을 넘어가고 있는 나
까지 철 안 든 사람 취급받았다.

난 좌절하며 멈춰서 주한 형을 바라보았으나 주한 형은 아
무렇지 않게 다가와 고유준의 손에 들린 카메라를 뺏어 들었
다.

"뭐 하는데?"

"저번 크로노스 회의 때 멤버별 영통 상황극 찍으라고 벌
칙 받았잖아. 그거 하려고."

"아하."

"형부터 할래?"

고유준의 말에 주한 형은 잠시 눈동자를 굴리다 고개를 끄
덕였다.

"오케이. 가자."

"……어딜?"

"내 방. 너넨 죄다 귀여운 거 설레는 거 할 거 아니야."

우린 자연스럽게 주한 형을 따라 주한 형의 방으로 들어섰다. 주한 형은 카메라를 만지작거리다가 침대에 털썩 누웠다.

"그러니까 나는 좀 섹시하게 나가 볼까 해."

"…… ."

"와."

고유준이 건조한 목소리로 감탄하며 엄지를 추켜올렸다.

여기 있다. 우리 그룹 또 다른 또라이, 돈에 미쳐 영혼까지 팔 수 있는 사람. 멤버가 앞에 있든 없든 돈 버는 일이면 철판 깔고 뭐든지 할 수 있는 사람이 여기 있었다.

"하하."

난 한숨 쉬듯 웃으며 뒷걸음질 쳐 의자에 앉았다.

주한 형은 우리가 지켜보든 말든 투명인간 취급하며 침대에 드러누운 채 카메라를 켰다.

그리고 고유준에게 쥐여 주었다.

"눈높이 잘 맞춰서 찍어라, 인마."

"네, 형님. 어떻게 찍을깝쇼. 같이 누워 있는 상황입니까?"

"어."

"옙. 허헿."

상당히 죽이 잘 맞네. 같은 그룹 멤버들은 시간이 흐를수록 비슷한 분위기를 풍기게 된다고 한다.

지금 주한 형과 고유준이 딱 그 꼴이다.

주한 형도 나만큼이나 고유준과 정반대의 성격을 가지고 있으면서 어느샌가 저렇게…….

"으음, 여보. 잘 잤어? 아직 밤이잖아. 더 자. 고리야."

아, 자기야를 넘어 여보라고.

글렀다.

난 더 이상 버틸 수 없어 고개를 내젓고 방을 빠져나왔다. 어련히 내 차례가 오면 적당히 평균에 맞춰 연기하면 되겠지.

난 펜션을 나와 수영장으로 향했다.

딱히 좋아하지도 않는 수영을 할 생각은 아니고 아까부터 자꾸 멍하게 보게 되는 미관을 가지고 있어 잠시 머물며 앉아 멍 때릴 생각이었다.

수영장에 마련된 의자에 앉아 수영장을 바라보았다.

수영장은 주변의 조명으로 알록달록하게 빛나고 있었다. 적당히 눈도 안 심심해서 무척 멍 때리기 좋은 환경이었다.

혼자서 좋은 풍경을 차지하고 마음껏 멍 때릴 수 있던 적이 있던가. 너무나 평화로운 느낌에 노곤해져 완전히 의자에 몸을 뉘었다.

그때 뒤에서 문이 열렸다 닫히는 소리가 들려왔다. 난 굳이 뒤돌아보지 않았다.

그냥 나온 거면 나와 상대의 시간을 서로 방해하지 않으려 할 것이고, 나를 보러 온 거면 이곳으로 다가올 것이다.

아니나 다를까 상대는 인기척을 내며 내 바로 옆 의자에 앉았다.

"현우 씨."

수환 형이었다.

"형도 멍 때리러 왔어요?"

"네."

수환 형은 맞다고 대답했지만 수영장 말고 계속 날 보고 있었다. 내가 수환 형을 바라보자 수환 형은 특유의 무덤덤하고 건조한 표정으로 물었다.

"비행기."

"······."

"조명."

"······어, 무슨."

"그거 외에 또 있습니까?"

수환 형은 가끔 예고도 없이 내 심장을 떨구어 놓는 경우가 있다. 지금이 딱 그런 때였다.

그러나 딱 적당한 타이밍이었다.

뭐든 비밀스러운 것을 말할 땐 어둡고 조용한 분위기가 가장 좋을 때니까.

난 수환 형의 눈을 바라보았다. 그 눈엔 복잡함 따윈 하나도 들어 있지 않았다. 비하인드 같은 건 전혀 궁금하지 않다.

수환 형이 나에게 궁금한 것은 모든 고통의 원인이 아닌 결과였다.

이유는 말하지 않아도 좋으니 자신이 무엇을 신경 써야 할지 알려 달라.

냉정하리만치 지극히 매니저가 케어할 범위에서 벗어나지 않는 질문에 오히려 안도감을 느꼈다.

"사람도 무서워요. 대인기피증이 있는 것 같아요."

"네, 또 있습니까?"

"오늘 느꼈는데 물에 빠지는 것도 딱히 안 좋아하는 것 같아요. 기분 나빴어요."

"무서워하는 겁니까, 그냥 싫은 겁니까."

"무섭지는 않아요. 높은 곳도 무서워해요. 놀이 기구 타다가 기절하는 줄 알았어요."

윤찬이가 아니었다면 진즉에 기절했지.

조용한 자연의 소리에 기대서 나도 수환 형도 많은 것을 말하고 많은 것을 들었다.

"폭죽은 안 무섭습니까?"

"폭죽이요?"

"미국에서 크게 놀라시던데요. 멤버들이 귀 막아 주는 모습도 봤고요."

그러고 보니.

고유준과 윤찬이가 순서대로 막아 주러 왔었다. 생각해 보면 나 상당히 멤버들한테 많이 도움 받았었구나.

알 수 없는 감정이 울렁거렸다.

"맞는 것 같아요. 조명 터지던 소리랑 비슷해서 그랬나. 모르겠지만."

"또 있습니까?"

난 잠시 말을 멈추고 내가 또 무서워하던 게 있던가 생각해 보았다. 지금 말한 것 외엔 당장 생각나는 건 없었다.

떠오르는 거라곤 작업하다 악귀가 든 주한 형이나 눈물 뚝뚝 흘리는 윤찬이 정도.

더는 말할 것이 없다고 고개를 젓자 수환 형은 고개를 끄덕이고 또 다른 문젯거리 하나를 꺼내 들었다.

"이 부분에 대해 멤버들과 공유해도 되겠습니까?"

"네? 아."

너무 나 신경 써 달라고 대놓고 말하는 건 아닐까. 너무 민폐가 아닐까.

대답을 망설이자 수환 형이 또 특유의 건조하고 단호한 말투로 말했다.

"현우 씨 이야기만 하는 건 아닙니다. 이번 기회에 다른 멤버분들께도 물어볼 생각입니다. 이를테면 주한 씨 작업 문제나, 유준 씨 가족 문제 등이요."

"아."

수환 형는 내가 생각한 것보다 훨씬 관찰력이 깊은 편이었다.

다른 건 그렇다 치고 고유준 가족 문제까지 눈치챘을 줄은 생각 못 했는데. 수환 형은 내 생각을 알아차리기라도 한 듯 현답을 내놓았다.

"짧은 휴가가 있을 때마다 모두 본가로 돌아가는 와중 유준 씨는 한번도 그런 적 없었으니까요. 지난번에도 현우 씨 본가에 함께 갔었죠?"

"……맞아요."

그렇게 애정이 넘치는 놈이 본가는커녕 부모님과 통화도 한 적이 없으니 평소 고유준을 관심 있게 지켜보는 사람이라면 눈치챌 수 있었을지도 모른다.

"오늘 대화에 대해 멤버들에게 말해도 되겠습니까?"

수환 형이 다시 한번 물었고 난 고개를 끄덕였다.

"부탁드립니다."

이젠 인정할 때가 되었다.

몸으로 뼈저리게 느끼고 있지 않는가.

나는 이제 혼자가 아니라고.

함께 견뎌 줄 사람이 이토록 많다는 것을.

휴가의 첫날 밤이 지났다.

느지막한 오전쯤, 멤버들이 꼬질꼬질한 모습으로 거실에 하나둘 모습을 드러냈다.

유일하게 말끔한 모습을 유지하고 있는 건 운동까지 다녀 온 윤찬이뿐이었다.

"와, 진짜…… 여긴 침대도 시몬스 쓰나 봐. 겁나 푹신해. 형, 우리 숙소 침대도 바꿔 줘요. 고급 브랜드로."

"죄송합니다. 예산이 없습니다."

고유준의 말에 수환 형이 단호히 말했다. 고유준은 당연히 헛소리였는지 거절에도 아무런 대꾸 없이 소파에 드러누웠다.

"형, 시몬스에서 소파도 만들어요? 겁나 푹신한데 소파 사 줘요."

요구하는 쪽도 딱히 영혼은 없었다.

주한 형은 헝클어진 머리와 두꺼운 안경을 낀 모습으로 등 장해 그대로 소파에 드러누운 고유준 위로 드러누웠다.

"아, 오늘은 뭐 하지."

우리 모두 본가에 가는 것 이외에는 다들 가만히 앉아서 휴가 보내는 법을 모르는 사람들이다.

휴가라고 해도 연습실에 틀어박히거나 작업을 하는 경우 가 많아 할 게 없으면 오히려 지루함을 버티지 못했다.

"오늘은 수영 안 해?"

진성이가 바람이 조금 빠진 튜브를 가져오며 말했다.

"조금 있다……."

"나 지금 수영하고 와도 돼?"

"안 돼. 좀 있다 밥 먹고 해."

주한 형의 말에 진성이도 입술을 삐죽이며 고유준 위에 있는 주한 형 위로 올라가 드러누웠다.

"으윽, 윽, 흑."

주한 형까지만 해도 딱히 힘든 기색이 없던 고유준이 진성이가 올라타고부터는 버거워 앓는 소리를 냈다.

난 저들을 내버려 두고 휴대폰을 바라보았다.

어제 파랑새 계정으로 고유준과 주한 형이 열심히 업로드해 둔 사진과 동영상들. 굉장히 프리해 보이는 우리들의 모습에 반응이 상당했다.

올린 사진과 동영상엔 멤버들의 망가진 모습들도 꽤 있었던 지라 이미 캡처되어 고리밈(고리들만 밈으로 쓰는 짤), 합성 짤 등으로 쓰이고 있었다.

역시 편안히 멤버들끼리 노는 모습이 좋다며 기뻐하는 고리들의 반응을 보다 어떤 게시글 하나에 손이 멈췄다.

애들 즐겁게 휴가보내는 와중에 고리들 생각해서 이것저것 올려 주는 것도 감지덕지긴 한데ㅠㅠㅠ큐앱까지 바라는 건 개에바겠지ㅠㅠㅜㅜ

ㅜㅇ엉헝 에바쎄바인 거 나도 알아······.근데 보고 싶다구여······그냥 그
런 마음이라는 거라구여..보구시퍼얘드라······

　요구 사항보다는 보고 싶다는 마음을 표출하는 게시글.
　난 별 고민 없이 멤버들에게 제안해 보았다.
　"할 거 없으면 큐앱이나 할래? 고리들이 보고 싶다는데."
　"우아악!"
　내 말에 아까부터 아슬아슬하게 산을 쌓고 있던 고유준강
주한이진성탑이 무너져 내렸다.
　"좋아!"
　"조, 좋아."
　"좋아요."
　역시 고리 사랑은 크로노스지.
　어찌 보면 큐앱도 일인데 다들 싫은 기색도 없이 들떠선
꼬질한 매무새를 가다듬기 시작했다.
　멤버들의 대답을 듣고 수환 형과 태성 매니저님이 움직이
기 시작했다.
　휴가 중 고리들을 위한 기습 큐앱 서프라이즈였다.

　이제 막 일어나 꼬질꼬질한 멤버들이 소란스럽게 움직이

며 옷매무새를 갖췄다.

씻고 옷 갈아입고 머리를 정리하거나 얼굴에 뭐라도 발랐
다.

연습생 시절엔 침대에서 일어나 신발을 신기까지 5분이면
됐던 것 같은데 이젠 연예인이라고 30분, 40분 꾸미는 데에
한참이 걸렸다.

"그 정도면 충분하고만. 이제 다들 와. 뭐 얼마나 꾸미려
고 그래?"

"누가 보면 무대 올라가는 줄 알겠다."

진즉에 몸단장을 마치고 소파에 앉은 주한 형과 진성이가
휴대폰을 만지작거리며 투덜거렸다.

"큐앱 켜면 몇십만 명 앞에 서는 건데 제대로 단장해야
지."

고유준이 얼굴에 선크림을 둘둘 바르며 말했다. 난 그 밑
에서 선크림 튜브를 넘겨받고 머리빗을 내려놓았다.

주한 형이 기다리는 걸 싫어하는 건 알지만 고유준의 말이
백번 맞다고 생각한다.

피부 트러블 하나만 나도 '우리 현우 요즘 많이 피곤한가
보다ㅠㅠ'라며 걱정하는 척 트러블 난 얼굴 사진을 SNS에 박
제하며 즐기는 게 우리 고리들이 아닌가.

"현우 형, 죄송한데 로션 좀 빌려도 될까요?"

때마침 씻고 나온 윤찬이가 수건으로 머리를 털며 나왔다.

"하아······."

그 순간 주한 형의 깊은 한숨 소리가 들려왔다. 주한 형은 상당히 지루한 표정으로 우리를 바라보더니 큐앱이 켜진 휴대폰 화면을 보여 주었다.

"1분 준다."

"예?"

"1분 안에 전부 끝내고 소파에 앉아. 너희가 앉든 말든 1분 내로 시작하겠습니다. 자, 시작!"

"아니 이렇게 갑자기?"

그러나 주한 형의 독단적인 결정이 무척 당혹스러웠다.

그러나 이미 몸은 습관처럼 주한 형이 시키는 대로 긴박하게 움직이고 있었다.

우리가 좀 꾸물거리기는 했지.

"십, 구-."

"와악! 나 옷만 입고!"

"팔-."

준비하는 데 40분은 좀 심하긴 했다. 난 빠르게 선크림을 바르고 티셔츠 위로 대충 걸쳐 둔 겉옷 단추를 마저 채웠다.

"칠, 육, 오-."

다급함에 셔츠 단추가 잘 끼워지지 않았다.

"잠깐만, 형. 진짜 잠깐만. 나 목 늘어난 티셔츠 입고 큐앱 하는 건 좀 아니지 않아?"

고유준이 황급히 상의 탈의를 하며 소리쳤다.

"그러니까 실내에서 선크림 처바르고 있을 시간에 옷을 입었으면 됐을 거잖아, 이, 일!"

주한 형은 착실히 잔소리까지 끼워 가며 숫자를 세었고, 결국 카운트가 끝남과 동시에 매정히 큐앱 라이브가 시작되었다.

띠링!

띠링!

사방에 널려 있는 멤버들의 휴대폰으로 큐앱이 시작되었다는 알람이 왔다.

고유준은 반쯤 걸친 셔츠차림 그대로 움직임을 멈추더니 어이없다는 표정으로 주한 형을 바라보았다.

"와, 진짜. 그걸 진짜 눌러?"

큐앱을 진행하는 휴대폰 화면엔 고스란히 주한 형과 진성이만 찍히고 있을 것이다.

"저 형 진짜. 리더 인성 와."

고유준이 단추를 마저 채우며 대놓고 투덜거리든 말든 주한 형은 고리들에게만 보이는 특유의 미소를 지으며 화면에 손을 흔들고 있었다.

"여러분, 좋은 아침이죠? 네, 어서 오세요."

"형, 아침이라기엔 이제 점심 아니야?"

"계속 휴가 중이긴 한데 보고 싶다는 말을 많이 봐서 한번

커 봤어요. 멤버들이요?"

"와, 저 형 진짜 너무한 거 아니야?"

고유준이 씩씩거리며 소파로 가서 주한 형의 어깨를 내리
눌렀다.

"준비하는 시간 길다고 그냥 시작해 버리던데요? 고리 여
러분, 우리 리더가 이렇게 독단적이에요. 이게 말이 돼요?"

"맞아요. 그냥 좀 예쁘게 보이겠다고 오래 걸린 건데."

난 장난을 섞어 말하며 고유준의 옆에 앉아 함께 주한 형
을 내리눌렀고 그 뒤로 윤찬이가 황급히 달려와 내 옆에 앉
았다.

─ㅋㅋㅋㅋㅋㅋㅋㅋㅋ휴가때도 여전한 주한공화국

─주한공화국이랰ㅋㅋㅋㅋㅋㅋㅋㅋ

─ㅠㅠㅜㅜ너무 보고 싶었어

─휴가 잘 지내고 있어요?

─휴가인데ㅠㅠㅜㅜ고마워 얘드라ㅜㅠㅜ

─??와 오늘 라이브는 생각도 못했다……

"꾸미는 것까진 좋다 이거야. 그런데 무슨 준비 하는 데 40
분이 걸리냐고. 여러분, 전 이해할 수가 없어요."

"자다 일어난 몰골로 보는 것보다는 훨씬 좋지. 고리 여러
분들도 오랜만에 보는데 제일 괜찮은 저희 모습 보고 싶지

않았어요?"

주한 형과 고유준의 투닥거림에 채팅창은 빠르게 올라갔다. 내 폰으로 큐앱을 켜서 채팅을 확인하니 어떤 모습이든 괜찮다는 대답과 여러 질문들이 우르르 섞여 올라오고 있었다.

난 대답 사이 여전히 휴가 중 갑작스러운 라이브 방송에 의아해하는 고리들의 채팅을 보며 주한 형의 어깨를 두드렸다.

"이제 그만 싸우고 인사부터 하시죠."

"아, 네. 그럼 오랜만에 인사드리겠습니다. 하나, 둘, 셋!"

"안녕하세요. 크로노스입니다!"

"저희 일 때문에 큐앱 켠 거 아니에요. 걱정 안 하셔도 돼요. 그냥 진짜 보고 싶어서 켠 거예요."

나한테서 휴대폰을 넘겨받고 채팅을 확인한 진성이가 빠르게 말했다.

요즘 크로노스의 스케줄표가 공개된 이후로 고리들 사이에 와엠에 대한 욕이 거의 하나의 밈처럼 자리 잡은 수준이 되었다고 한다.

그 때문에 단순히 우리의 선의로 올린 휴가 사진도 와엠이 시킨 거라고 화를 내는 사람들이 많았는데 이번 큐앱 또한 회사를 의심하는 채팅들이 간간이 보였다.

"맞아요. 고리 여러분들이 저희 보고 싶어 했던 것처럼 저희도 보고 싶어서 왔어요. 회사에서 시킨 거 아니니까 걱정 마세요!"

고유준이 장난스럽게 아니라고 말하며 고리들의 걱정을 불식시켜 주었다.

갑작스럽게 켠 큐앱이라도 오랜만에 하는 단체 소통이니만큼 할 말은 넘쳐 났다.

거기다 뭔가 특별히 전해야 할 말도 없는 편하고 자유로운 분위기고 휴가로 인해 멤버들의 마음에도 여유가 있으니 인위적인 분위기 없이 자연스럽게 라이브가 진행되었다.

"저희 백숙은 누가 만들었냐고요? 그거 매니저 형이랑 주한 형, 윤찬이가요."

"주한 형이랑 윤찬이 이제 요리 잘하는 것 같아요. 되게 맛있었어."

"중요한 작업은 다 저희 매니저 형이 하기는 했는데, 아, 간은 윤찬이가 했어요."

"고리들이 왜 사진에 셋만 젖어 있었냐고 묻는데?"

우리가 할 말이 많은 만큼 고리들도 묻고 싶은 것이 참 많은 듯했다.

묻고 싶은 게 많을 만큼 파랑새에 사진과 동영상이 많이 올라가긴 했다.

어차피 소통하려고 켠 라이브고 시간이 없는 것도 아니라서 눈에 보이는 질문은 대부분 토크로 끌어내 대답해 주었다.

우르르 올라오는 채팅을 확인하던 진성이가 손을 들었다.

"질문 하나가 올라왔는데."

멤버 모두의 시선이 진성이에게로 쏠렸다. 진성이는 날 바라보았다.

"형, 〈뉴비공대〉 선공개 영상 올라온 거 알아?"

"어, 그래? 전혀 몰랐는데."

난 수환 형을 바라보았다.

수환 형도 딱히 몰랐던 것 같은 표정이었지만 그리 놀란 것 같진 않았다.

아마 선공개 영상 업로드에 관한 조항도 출연 계약서에 적혀 있을 것이다.

"아, 있네, 여기. 올라왔네. 헤엑, 무슨 선공개 영상이 30분씩이나 돼?"

내가 손을 내밀자 고유준은 내 손에 제 휴대폰을 넘겨주었다.

난 30분가량의 영상 썸네일에 내 얼굴이 커다랗게 올라간 것만 확인하고 고리들에게 물었다.

"여러분, 어땠어요? 재밌었어요?"

그냥 별생각 없이 물은 것이었다. 이번에 출연한 방송 편집본이 올라왔으니 고리들이 어떤 감상을 했는지 궁금했을 뿐 뭔가 편집본에 문제가 있을 것이란 생각은 전혀 하지 못

했다.

그런데 올라오는 고리들의 반응이 영 이상했다.

－ㅜㅜㅠㅠ현우 분량ㅜㅜ

－좀만 기다려ㅠㅠ내가 방송국 부수고 올게

－재밌었어요ㅎㅎ

－분량은 좀 적었지만 현우 얼굴 보는 것만으로 좋았어!

"어, 뭐 어땠길래 그래~?"

고유준이 당황하며 능글거릴 정도로 고리들의 반응이 별로 좋지 못했다.

뭐야.

난 이 상황을 조금 심각하게 받아들였다. 게임에서 그렇게 열심히 돌아다녔고 썸네일에 내 얼굴만 있길래 그래도 내 분량이 좀 되는구나 생각했더니 현실은 정반대인 모양이었다.

"여러분들이 재밌게 봤으면 됐어요. 하핫!"

난 서둘러 웃어 부정적인 채팅 분위기를 무마시키고 넘겨 버렸다.

조금 있다가 혼자서 천천히 모니터링하며 뭐가 문제길래 모두가 불만을 터트릴 만큼 분량이 적어진 것인지 분석해 봐야겠다.

그리고 어떻게든 분량을 더 가져올 수 있는 방법을 찾아야지.

그 이후 멤버들은 일부러 〈뉴비공대〉에 대한 이야기나 질문들을 넘기며 대화를 이어 나갔다.

자그마치 1시간 반에 가까운 라이브 시간을 보내고 주한 형이 슬슬 마무리하려 토크를 정리했다.

"저희 휴가 기간 동안 여러분이 심심하거나 외롭지 않도록 자주 찾아오도록 할게요. 사진이나 동영상도 지금처럼 많이 업로드하고."

"여러분, 저희 다음 라이브 할 때 보고 싶은 거 있으세요?"

내 물음에 다시 우르르 올라오는 의견들. 난 채팅창을 잠시 고정시키고 천천히 스크롤을 내리며 의견들을 확인했다.

-펜션에 노래방기계있으면 노래신청 받기 어때요?ㅋㅋㅋ

-그냥 켜서 같이 대화만 나눠도 좋아요!

-오빠들 요리하는 거 라이브로 또 보고 싶어요!

-거기 시골이면 담력체험하는 거ㅋㅋㅋㅋㅋ진성이 놀라는 거 보고 싶당

눈에 보이는 것 중 실현 가능한 의견들은 모두 말로 읊었다.

멤버들은 고리들의 의견마다 죄다 '그럴까? 좋은데?'라는

말을 반복하며 이것도 하겠다 저것도 해 보고 싶다 긍정적인 답변을 내놓았다.

그런 와중 주한 형의 관심을 사로잡은 의견 하나.

"담력 체험 좋은데? 보물찾기 겸해서 준비하고 밤에 라이브 켜면 되겠네."

그러자 진성이의 안색이 순식간에 새파래졌다.

"무슨 담력 체험이래! 이거 힐링 여행 아냐? 난 죽어도 싫어!"

큐앱이 끝난 직후 진성이가 주한 형에게 바락바락 소리쳤다. 귀신이라면 학을 떼는 진성이라면 화낼 만하다고 생각한다.

아까 뭐라고 했더라? 주한공화국.

주한공화국답게 이번에도 주한 형의 말발로 진성이를 설득하려나 했는데 의외로 주한 형은 순순히 고개를 끄덕였다.

"그럼 진성이는 여기 있어. 꼭 체험 안 해도 돼. 할 사람만 하는 거지 뭐."

"……그, 그럼 또 분량 없이 있으라고 할 거잖아!"

"분량은 여기서 토크하면서 채우면 되지."

"하, 하지만 나만 안 하면 분명 혼자 빠졌다고…… 의욕 없다고 사람들이 그러는 거 아니야?"

진성이는 주한 형이 순순히 제 말을 들어줬다는 것이 믿기지 않는지 본인이 나서서 본인이 참가해야만 하는 이유를 나열하고 있었다.

하지만 주한 형은 뭔 소리 하냐는 듯 진성이를 한심하게 쳐다보고 고개를 저었다.

"여기 시골 산속이잖아. 진짜 뭐 나오는 곳이면 어떡해? 너 억지로 보냈다가 잘못되면? 형은 우리 진성이 걱정돼서 못 견딜 거야."

"……혀엉."

"네 말대로 힐링 여행인데 형이 왜 억지로 싫다는 거 하게 하겠어? 그거야말로 진짜 고리들이 싫어하는 일이야, 너한테 억지로 시키는 거. 형이 그렇게 나빠 보여?"

와, 저 형 또 선동하네. 저렇게 진성이 충성심 만드냐.

고유준이 나한테 조용히 속삭였다. 난 금방이라도 감동해 눈물 찔찔 흘릴 것 같은 진성이를 보며 그 말에 백번 동의했다.

저 형은 왜 꿈이 가수였을까. 돈이 그렇게 좋으면 국회의원이 적성에 맞을지도 모르는데.

진성이는 입술을 삐죽 내밀고 주한 형에게 매달렸다.

"근데 진짜 뭐 나오면 어떻게 해? 형들도 가지 마라. 어?

나도 걱정된단 말이야."

"어, 싫은데. 난 하고 싶은데~."

신파극 찍는 주한 형과 진성이 사이에 고유준이 참전했다.

"담력 체험 어케 할래. 둘둘 조 짜서 가자. 보물찾기처럼 한 팀은 보물 숨기고 오고 한 팀은 찾아서 오는 걸로 하면 시간 단축되고 좋지 않아?"

"아니이······."

결국 크로노스는 갈 사람 안 갈 사람 거수로 결정을 했고 진성이를 제외한 모두가 참가하겠다 손을 들며 내일 밤 담력 체험을 하는 것으로 결정되었다.

담력 체험을 하는 게 결정되고 진성이는 '진짜 위험한 게 있을 수 있다.'라는 주한 형의 말에 현혹되어 본인이 참가를 안 하는데도 불구하고 진짜 울었다.

멤버들과 다 같이 거실에 모여 〈뉴비공대〉 선공개 영상을 보았다.

원래는 나 혼자 보려고 했는데 다들 〈뉴비공대〉 영상에 대한 고리들의 반응이 무척 신경 쓰였던 모양이었다.

고리들의 채팅으로 내 분량이 현저히 적다는 건 알았으니 주한 형의 주도 아래 모두 다 같이 감상하고 분량이 적은 이유를 토론해 보기로 했다.

'분량이 적으면 얼마나 적으려고.'

아무리 그래도 내가 게임에서 혼자 캐리한 것도 그렇게나 많은데 기본적으로 나오는 분량이 있을 텐데.

하지만 혼자 캐리해도 분량이 적을 수 있다는 걸 〈뉴비공대〉를 통해 깨달았다.

"와, 너무하네. 홍보는 서현우 가지고 다 했으면서."

"썸네일도 현우 형이었어요……. 이건 적어도 너무 적은데……."

"아무리 그래도 현우 형 캐리할 때는 밑에 현우 형 찍어 줘야 하는 거 아니야? 왜 현우 형 시점으로 다른 출연자를 보여 줌?"

"그러니까……."

혹시 나한테 악감정 있나 싶을 정도로 분량이 적었다. 반면 게임 캐릭터 분량은 내가 제일 많았다.

마치 내 분량을 내 캐릭터가 다 가져간 것만 같았다. 30분짜리 영상에 내 얼굴이 나오는 건 3분 정도 되나?

물론 본방 때 분량이야 다를 수도 있지만 선공개 영상만 봐선 처참할 지경이었다.

그리고 그렇게 한 20분 정도 보고 있으니 이유를 깨달았다.

난 너무 조용히 게임만 하고 있었던 것이다.

혼자 너무 열심히 파티를 살리느라 머릿속은 미친 듯이 시끄러웠던 것에 반해 튀어나오는 말은 하나도 없었다.

"자막이나 게임 화면 분량은 네가 제일 많은데 너 말을 너무 안 하는 거 아니야?"

"그러게……. 나도 몰랐는데 그랬네."

주한 형도 그 점을 지적했다. 파티를 터트리며 머쓱함에 이것저것 리액션이 튀어나오는 다른 사람들에 비해 파티에서 캐리 한 나와 대표님 분량은 너무 적었다.

"……열심히 해서는 안됐나?"

"아니, 열심히 해야지. 저 사람들은 웃기려고 작정하고 파티 터트리는 사람도 있었을 텐데. 너는 열심히 해야 해. 열심히 하고 떠들기도 열심히 떠들어야지."

그래도 출연진끼리 실제로 만나서 레이드 들어간 회 차에선 분량이 좀 늘어나긴 할 테지만…… 이래선 고생한 만큼 딱히 보람이 없을 것 같았다.

좀 기분이 상했다. 입을 다물고 영상을 끝까지 보고 있자 주한 형이 웃으며 내 어깨에 손을 올렸다.

"현우야."

"어?"

"게임 살린다고 말을 못 했어. 그럼 뭘 어떻게 해야 할까."

"……."

왜 웃고 있는데 소름이 돋지? 내 어깨를 주무르는 손이 조금 아프다고 느꼈을 때 주한 형이 사근사근 말했다.

"울어."

게임에서 진게 분한 것처럼 울라고 말했다. 내가 아무 말도 못 하자 주한 형은 '농담이야.'라고 전혀 농담 같지 않게 말한 뒤 내 등을 툭툭 두드리고 사라졌다.

"와, 등짝 스매싱 애정 버전이야 뭐야. 그냥 두드리는데 개 무서워."

고유준이 중얼대며 제 방으로 돌아갔다.

이제 슬슬 주한 형이 무섭다는 진성이의 말이 이해가 되는 것 같기도 하고.

"형, 저랑 한번 더 같이 보실래요?"

모두가 떠나갔을 때 윤찬이가 남아 나와 선공개 영상을 한 번 더 보며 분석해 주었다.

〈뉴비공대〉 촬영 중 받는 정신적 소모가 얼마나 큰데 이런 분량을 받는단 말인가.

몹시 억울했다.

그래서 다짐했다. 정말 말할 타이밍이 없으면 울기라도 해야겠다고.

♫♪♬

"아침부터 수영했어? 너희 떠드는 소리 방까지 들리더라."

"헐, 우리 때문에 자는데 깨웠어?"

"아니, 어차피 일어나려고 했어. 재밌게 놀았으면 됐지 뭐."

주한 형이 방금 수영하고 돌아온 윤찬이와 진성이에게 싱긋 웃어 주었다. 난 몹시 기분 좋아 보이는 주한 형을 보며 들고 있던 오렌지 주스를 마저 마셨다.

늦은 오후까지 푹 잘 수 있는 시간도 있고, 잠시 연습과 스케줄에서 벗어나 있으니 주한 형 포함 모든 멤버들이 정서적으로 여유를 되찾았다.

물론 주한 형은 새벽에 일어나 작곡 프로그램을 돌리고 있는 것 같긴 하지만 쫓기듯 하는 것과 자연을 벗 삼아 취미처럼 하는 건 또 기분이 다르니까.

"현우 씨, 회사로 협업 곡 왔다고 하는데 보내 드릴 테니까 나중에 한번 들어 보세요."

"어, 벌써 왔어요? 감사합니다."

레나 선배님과의 협업으로 녹음했던 곡 완성본이 들어왔다. 완성본이라고는 해도 아직 컨펌은 떨어지지 않았지만.

수환 형이 곡 파일을 바로 전달해 주었는데 난 바로 확인하지 않고 휴대폰을 내려놓았다.

지금은 저녁 8시. 곡 확인 전에 해야 할 일이 있기 때문이었다.

"해가 지고 있네."

주한 형의 말에 진성이의 안색이 창백해졌다. 난 진성이의 등을 툭 치고 일어나 크로노스 공용 폰을 챙겨 왔다.

"슬슬 큐앱 켤까?"

"어."

"아니, 진짜 한다고? 정말? 담력 체험 진짜 해?"

"해. 해, 해, 해. 진짜 해. 어유."

고유준이 진성이 입을 손으로 막고 고개를 가로저었다.

고리들과 약속한 담력 체험 시간이 다가왔다.

주한 형은 대충 '보물'이라고 적은 종이를 든 채 소파에 앉았다.

삼각대에 휴대폰을 고정시키고 멤버 모두가 자리에 앉자 수환 형이 휴대폰 뒤로 향했다.

"담력 체험으로 들어가는 장소는 알아보니 별달리 위험한 구조나 물건이 있지는 않았고 관련 소문이 있지도 않았습니다. 혹시나를 위해 근처에서 대기하고 있을 테니 휴대폰 챙겨서 가세요."

"네."

"가기로 한 루트대로만 움직이시고요. 아무리 밝고 안전하다 해도 산속이니 조심해야 합니다."

"그럼요."

수환 형은 주의 사항을 한가득 늘어놓고 우리가 전부 대답하고서야 큐앱 라이브를 틀어 주었다.

이미 파랑새를 통해 라이브 시간을 공지한 덕분인지 켜자마자 평소보다 훨씬 빠르게 사람들이 모여들었다.

"하나, 둘, 셋!"

"안녕하세요. 크로노스입니다!"

우르르 올라가는 채팅을 뒤로하고 주한 형이 곧바로 담력 체험에 대한 이야기를 꺼냈다.

"저희 어제 약속했던 대로 담력 체험을 준비했어요. 그런데 강제로 하는 건 여러분들이 별로 안 좋아하실 것 같아서 우리 진성이는 안 가는 대신 오늘 진행을 맡는 것으로."

진성이가 격하게 고개를 끄덕였다.

저 커다란 덩치로 고개를 끄덕일 때마다 눈썹이 쭉 내려가더니 툭 치면 울 것만 같았다.

"저 진짜, 절대 못해요. 죄송해요, 여러분. 저 갔다가 새소리라도 들리잖아요? 그럼 그 자리에서 기절해요."

내가 고개를 끄덕이며 말을 이었다.

"맞아요. 진성이 억지로 데려갔다가 방송 사고 나면 안 되니까 저희 넷이서 팀을 짜서 두 명씩 진행하는 것으로 할게요."

"팀은 어떻게 할래."

"나! 서현우!"

고유준이 내 뒤로 착 붙었다. 얘 왜 이래? 반쯤 눈을 게슴츠레하게 뜨고 고유준을 바라보자 고유준이 솔직한 심정을 털어놨다.

"서현우랑 저번에 촬영하면서 귀신의 집 들어가 봤거든. 얘 진짜 하나도 안 무서워해."

아니 나도, 진짜 귀신과 조우하면 무섭긴 하지 않을까 싶긴 한데.

"나는 솔직히 좀 무섭다! 안 무서워하는 애랑 가게 해 줘."

주한 형이 손을 들었다.

"나도 귀신 안 무서워하는데."

그 말에 고유준이 고개를 저었다.

"아냐, 형은 '귀신아, 나와라. 나와서 다음 앨범 대박 나게 해 줘라' 파잖아. 형이 난 더 무서워."

"거기다 형은 고유준이 무섭다고 달라붙으면 걷어찰 거잖아."

"……그럼 난 윤찬이랑 가는 걸로. 어차피 현우랑 나랑 둘이가면 우리 팀 완전 재미없어. 임팩트 하나도 없어."

주한 형은 부정 대신 순순히 윤찬이와 한 팀이 되었다. 주한 형은 지켜보는 고리들에게 담력 체험의 룰을 알려 주었고 삼각대에 걸쳐져 있던 휴대폰을 들어 셀프 동영상 모드로 바꾸었다.

"그럼 팀은 짰으니 슬슬 출발해 볼까요? 우선 저랑 윤찬이가 숨기고 올 테니까 현우, 유준이가 뒤에 찾아오세요."

제1회 크로노스 담력 체험이 시작되었다.

다음 권으로 이어집니다

꿈의 도약, 로크에서 하십시오
(주)로크미디어에서 신인 작가를 모십니다

즐거운 세상, 로크미디어는 꿈을 사랑하고 도전을 두려워하지 않는 작가 분들의 참신한 작품을 기다리고 있습니다. 21세기 장르 문학계를 이끌어 갈 차세대 선두 주자 (주)로크미디어에서 여러분의 나래를 활짝 펴 보시길 바랍니다.

모집 분야 판타지와 무협을 포함한 장르 문학
모집 대상 아마추어 작가, 인터넷 작가
모집 기한 수시 모집
작품 접수 시 유의 사항
1. 파일명은 작가명_작품명.hwp형식을 갖춰 주십시오.
1. 파일에 들어갈 내용은 다음과 같습니다.
    − 성명(필명인 경우 실명을 밝혀 주세요), 연락처, 이메일 주소
    − 제목, 기획 의도
    − A4용지 1장 분량의 등장인물 소개
    − A4용지 2장 분량의 전체 줄거리
    − 본문
1. 작품이 인터넷에 연재되고 있다면, 게시판명과 사이트의 구체적이고 정확한 주소를 기재해 주십시오.

선택된 작품은 정식 계약 후 출판물로 간행되어 전국 서점에 유통됩니다.
작가 분은 (주)로크미디어의 전폭적인 지원하에 전속 작가로 활동하시게 됩니다.
※ 자세한 내용은 로크미디어 홈페이지(rokmedia.com)를 참조하세요.

(03920)서울시 마포구 성암로 330 DMC첨단산업센터 3층 318호
(주)로크미디어 편집부 신간 기획 담당자 앞
전화 : 02) 3273−5135
www.rokmedia.com   이메일 : rokmedia@empas.com

활 쏘는 대마법사

한시웅 퓨전 판타지 장편소설

거침없는 팩트 폭격으로
드래곤조차 눈치 보게 만드는
극강의 꼰대! 아니, 최강의 궁신이 나타났다!

유일하게 '신'이라 불리는 무인, 궁신 하철혁
자격을 시험받다 우화등선에 실패해
새로운 세상에서 눈을 뜨는데……

내공이 한 줌도 없다?

제로부터 시작하는 이세계 생활에 놀람도 잠시
처음으로 아버지라 느낀 존재가 살해당하고
그 뒤에 모종의 음모가 있음을 알게 되는데!

이세계에서도 궁신의 신화는 계속된다!
군필도 두 손 두 발 드는 FM 정신으로
안 되는 것도 되게 하라!

기어코 무대로

공원동 현대 판타지 장편소설

"관심을 받으면 집중이 잘돼요."
사상 최강의 관종(?) 싱어송라이터가 나타났다!

데뷔 직전 사고로 인해 모든 것을 포기한 도원경
삼 년 뒤, 그에게 기적이 일어났다?

사람들의 시선을 받으면 능력이 발현!

너튜브 영상이 대박 나고
서바이벌 오디션 출연 제의까지?

도원경 사전에 더 이상 포기는 없다!
좌절을 딛고, 『기어코 무대로』!